深愛 煌華宮の檻　上

菊川あすか

ポプラ文庫ピュアフル

深愛煌華宮の檻（上）目次

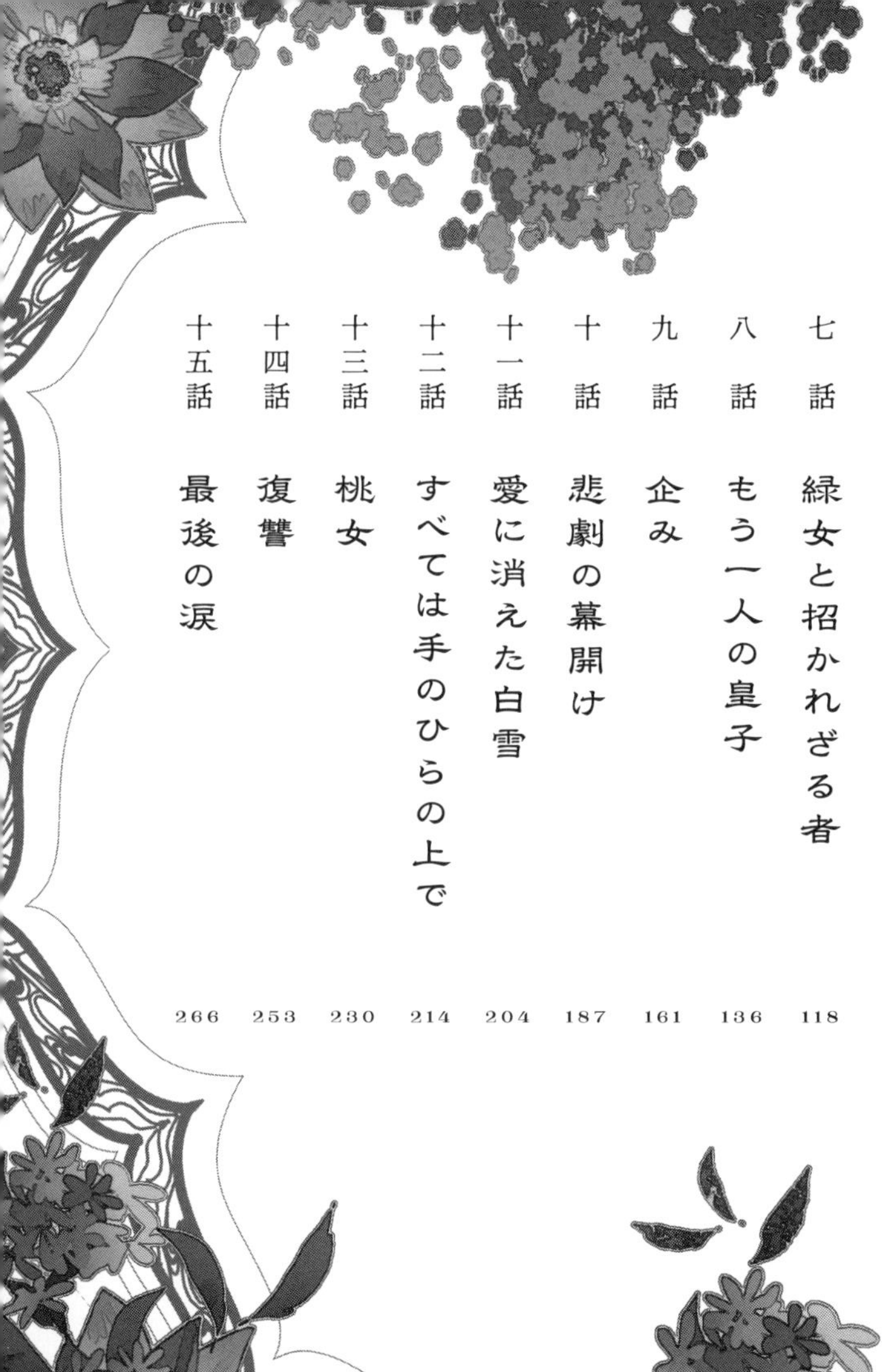

華園における宮女の身分制度

名称	人数	説明
紅女 コウジョ	1名	皇太子妃
桃女 トウジョ	人数制限なし	妃嬪　※桃女の中でも位が分かれており、それぞれに宮や棟が与えられる。

その他の宮女

名称	人数	説明
黒女 コクジョ	1名	華園の最高責任者。皇帝・皇太子との取り次ぎ役
紫女 シジョ	10名	黒女の補佐。黒女不在の場合、その役目を代わりに担うこともある
青女 セイジョ	妃嬪の人数に準ずる	紅女・桃女の侍女
緑女 リョクジョ	100名前後	文書作成・記録などの事務担当。宮女として外廷勤務の可能性あり
黄女 オウジョ	人数制限なし	下女。住居（掃除）、衣服（洗濯）、食事（配膳・食材管理）などの雑用係

人物相関図

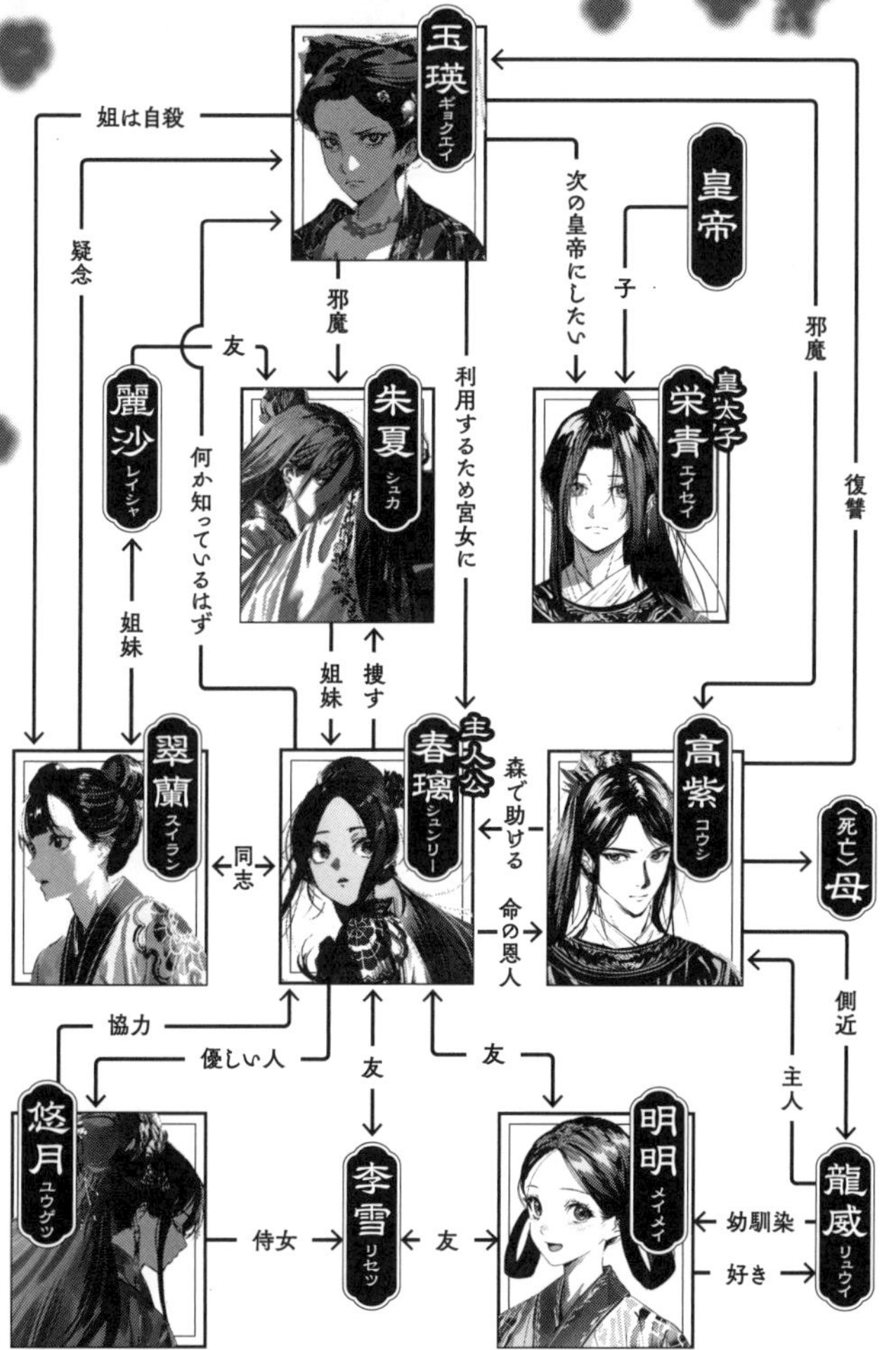

玉瑛 ギョクエイ
皇帝
皇太子 栄青 エイセイ
朱夏 シュカ
麗沙 レイシャ
主人公 春璃 シュンリー
翠蘭 スイラン
高紫 コウシ
〈死亡〉母
悠月 ユウゲツ
李雪 リセツ
明明 メイメイ
龍威 リュウイ
姐は自殺
疑念
友
邪魔
利用するため宮女に
次の皇帝にしたい
子
邪魔
復讐
何か知っているはず
姐妹
姐妹
捜す
同志
森で助ける
命の恩人
側近
主人
協力
優しい人
友
友
侍女
友
幼馴染
好き

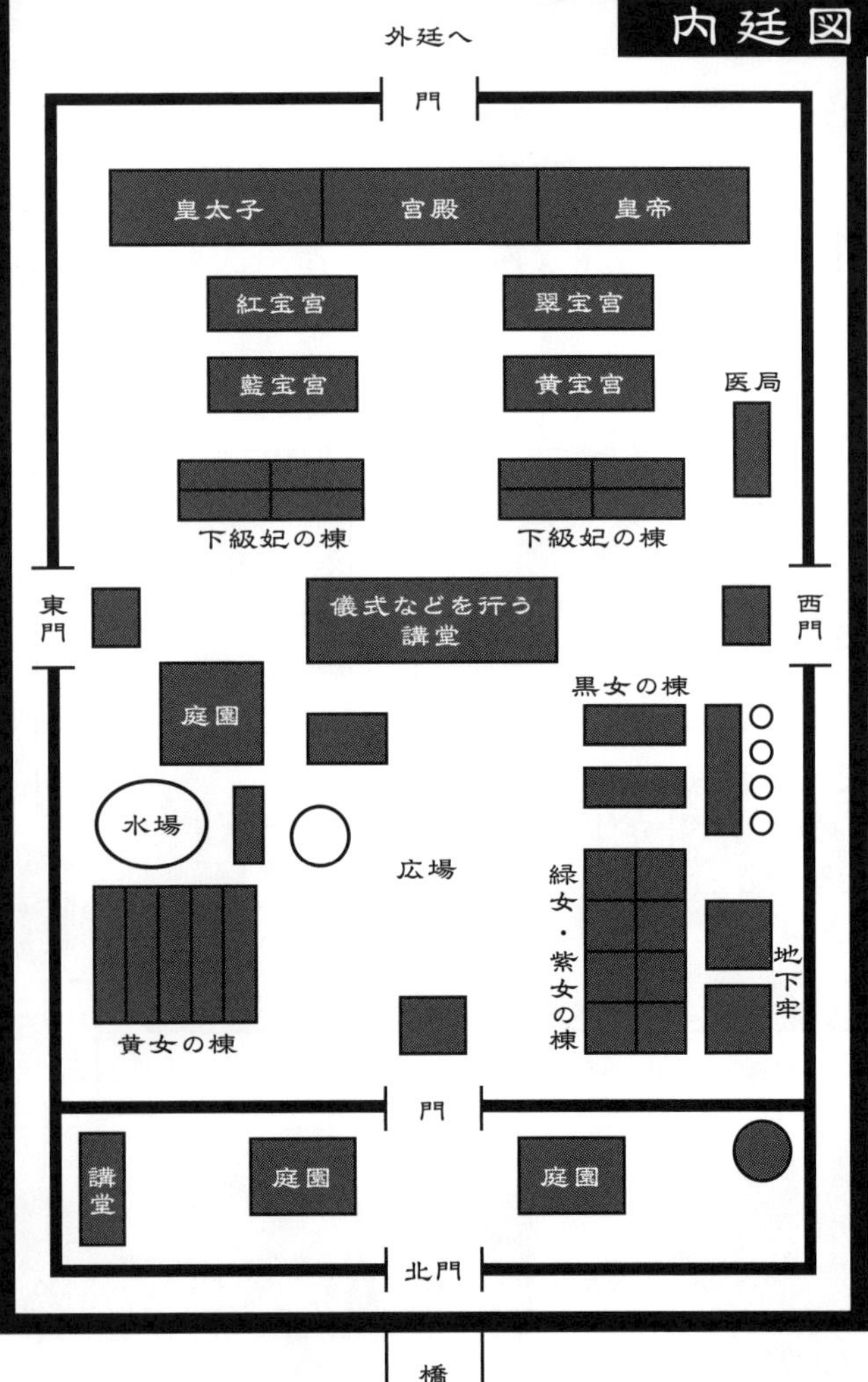
内廷図
外廷へ
門
皇太子
宮殿
皇帝
紅宝宮
翠宝宮
藍宝宮
黄宝宮
医局
下級妃の棟
下級妃の棟
東門
儀式などを行う講堂
西門
黒女の棟
庭園
水場
広場
緑女・紫女の棟
地下牢
黄女の棟
門
講堂
庭園
庭園
北門
橋

深愛
煌華宮の檻
【こうかきゅうのおり】
上
菊川あすか

序章

ここは、愛憎渦巻く女の園、煌華宮(コウカキュウ)——別名、華園(カエン)。

目に飛び込んできた絢爛豪華な光景に皆が目を輝かせる中、朱色の裙(くん)をまとった宮女が疑惑の眼差しを瓦屋根へ向けた。

そこに佇(たたず)む黄金に輝く龍の彫刻が、まるで警告するかのようにこちらを見下ろしている。

ここから先は入るなということか、それとも無駄だと言いたいのか。どちらにせよ、己の目的を果たすまでは、この地を離れるつもりなど毛頭ない。何があろうと、絶対に。

そう心に固く誓った春璃(シュンリー)は、華園へと足を踏み入れた。

偶然か否か、運命に翻弄され、集う者たち。

傷つき惑いながらも、そこには大切な誰かのために守り、信じ続ける確かな愛があった。

ただ、一人を除いては……——。

もしかしたら、少し浅はかだったかもしれない。

歩きはじめて一時間足らずでそんな考えがちらついたけれど、それでも戻るという選択肢はなかった。

春璃(シュンリー)が住む村周辺は豪雪地帯で、冬月(とうげつ)も半ばになれば雪も降りはじめる。今朝は降っていなかったものの、森の中は日中でも陽が差すことはない。そのため、寒さが体温を奪っていくのは時間の問題だ。

早くしなければと、朱色の髪紐で結んだ長い黒髪を揺らしながら、歩く速度を上げた。

肌を刺すような強い風が吹きつけてきた。雪が降っていないのが不思議なほどに、空気は凍てついている。

陽は昇っているはずなのだが、木立が密生している森の中では、その明るさも温(ぬく)もりも感じることはできない。

「まずいな……」

体力には自信があったのだが、森を甘く見すぎていた。

数日分の食料として餅(ビン)や水、それから衣類など必要最低限の物だけを入れたはずの布(ブー)兜(ドウー)が、出発時よりも何倍も重く感じられる。

麻の衣の上に着用した綿入れはなんの意味も成さず、時間の経過と共にどんどん体温が奪われていく。足先の感覚はなく、己を突き動かすのはもはや気力のみ。

それでも春璃は、死力を尽くして進んだ。

全身が綿のように疲弊し、必死に足を動かしているにもかかわらず、ちっとも前進している気がしない。それは、変わり映えのない鬱蒼とした樹海が起こす錯覚などではなかった。

自ずと震える足。鉛のように重く感じる己の体に耐え切れなくなった春璃は、黒褐色の土の上に膝をついた。

――こんなところで、倒れるわけには……いかないのに……。

決意に逆らうかのように、蓄積された疲労が徐々に意識を奪っていく。

それでも必死に顔を上げていると、僅かな木漏れ日が差す濃い霧の中で、黒い何かがゆらりと揺れた。けれど、それを確認するより先に、力を失くした春璃の体は脆くも崩れ落ちる。

地面に叩きつけられたはずの体に、不思議と痛みは感じない。

寒さゆえか、それとも……。

薄れゆく意識の中でおぼろげに見たものは、自分の体を受け止める温もりと、視界を遮る黒い影だった――。

脳内の半分はまだ闇を彷徨っているけれど、もう半分は明るい未来を信じて必死にもがいていた。

——朱夏小姐。

あの日見たうしろ姿。決して届くことのない幻に手を伸ばし、春璃は少しの吐息を漏らす。

そしておもむろに瞼を開いた瞬間、目に映る光景に息を呑んだ。

森の中を歩いていたはずなのに、そこに見えるのは頭上を覆っていた木々などではなく、格天井。色褪せているものの、細かな色彩画が描かれている。

「目が覚めたか」

「ここは……」

頭をゆっくりと右に向けると、そこには一人の男が座っていた。

「俺の家、とでも言っておこう」

二十歳くらいだろうか。男はどこか上質な絹の衣をまとっている。北のほうでは珍しい、紫色を帯びた長い黒髪で、凛々しさの中に透明感を兼ね備えた端整な顔立ちをしていた。

寝台の上に横たわる春璃は男の視線を感じながら、ここに至るまでの記憶を辿った。そして、自分の置かれている状況を把握した瞬間、慌てて体を起こす。

「春璃と申します。この度は、なんとお礼を申し上げたらいいか。助けていただき、ありがとうございます」

森の中で体力が尽きて倒れたところを、この男に助けられた。そう判断し、深く頭を下げた。

「春璃？」

「はい、そうですが……」

春璃が顔を上げると、男は一瞬だけ目を伏せたあと、口を開く。

「俺は、高紫（コウシ）だ」

鋭く尖った冷たい視線が春璃を捉えるが、その瞳はどこか憂（うれ）いを帯びているようにも見える。

「春璃、と言ったな」

「はい」

「なぜあのような場所を一人で歩いていたのだ。冬の森を無防備に歩くなど、命を捨てるようなものだろ」

問われた春璃は、己の決意を表すかのように、真っ直ぐな視線を高紫へ向ける。

「私は帝都へ、宮廷へ行かなければならないからです」

「華園か……」

――華園？

高紫が呟くように漏らした聞き慣れない言葉に、春璃は首を傾げた。

「この時期ということは、宮女を募る書簡が届いたのだな」

煌華宮の宮女になる第一歩として、選ばれた者にのみ書簡が送られてくるというのは有名な話だ。

「はい」

書簡を懐に入れたまま答える。助けてもらったとはいえ、見ず知らずの者に見せるのは危険かもしれない。万が一奪われたり破られたりしたら、終わりだ。自分と宮廷を繋いでくれるものは、この紙切れしかないのだから。

「目的は、宮女として働くためか」

書簡が届いたと言っているのだから、普通は働く以外の選択肢などないはず。

「もちろんです」

なぜそのようなことを聞くのだと、訝しむ視線を高紫に向けた。

「まぁ、どのような理由だろうと俺には関係ないが、見たところ北部の出のようだな」

高紫は、観察するように上から下まで春璃を凝視した。その視線に嫌らしさはなく、不思議と品さえ感じる。

「その通りです。北のはずれの村が私の故郷ですので」

春璃の故郷は、岑国の中でも未開拓の地が多い北部のはずれに位置する小さな村で、農業を生業としている家が多い。

自然豊かでいいところなのだが、目的地である帝都までは早くても十日はかかる。まだ帝都に行ったことのない春璃にとって、想像できない道のりだ。

村長の話によると、まずは北部の中心都市へ出るまで歩いて五日。そこから馬車を乗り継いで向かうのだが、あくまで順調に行けば十日で着くという話だ。

書簡に記されていた日時に間に合わなければ、すべてが水の泡になってしまう。何があるか分からないため、できるだけ最短で向かったほうがいいだろうと判断した春璃は、北部の中心都市へ続く大道ではなく、森を抜けることにした。

危険だから森へは絶対に入ってはいけないと、姐の朱夏からは何度もきつく言われていた。しかし、森を通れば三日で行けるため、歩く距離を考えたらそのほうが効率的だろうと思ったのだが……。

その結果、春璃は森で倒れてしまい、今ここにいる。

「では春璃、煌華宮についてはどれだけ知っている」

「どれだけ、というと……多くの宮女たちが主上さまや皇后さま、妃嬪のために仕える場所、ということでしょうか」

実のところ、詳しいことはよく知らない。周囲に宮廷で働いていた者などおらず、知る術がないため当然だが、耳にするのはすべて噂話程度のことだった。

それでも多くの女たちが仕える場所だということは把握している。そして宮女には位があり、帝の御手付きとなれば一気に出世するという話も聞いたことがあるので、そのあたりは心得ているつもりだと春璃は言った。

「なるほど。誰でも知っているような情報だけか」

高紫がこぼした言葉に春璃が眉を寄せると、侍女だろうか、初老の女性が卓子の上に銀製の茶杯を置いた。春璃は、戸惑いつつも小さくお辞儀をする。

「飲んで温まるといい。毒など入っていないから安心しろ」

「い、いえ、決してそういうわけでは」

付言した高紫に、春璃は焦って首を振る。疑っていたわけではないのだが。

「いただきます」

茶杯を近づけると、ふわりと花の香りがした。ゆっくりと口に含むと、苦みの中に少しの甘さと独特の香りを感じる。

「美味しい……」

初めて飲む茶だけれど、体の力が抜けて心もホッと温まるような味だ。

「花の香りを移した茉莉花茶（ジャスミン）だ。俺も匂いが強いものは苦手だが、このくらい自然に香る花茶ならば飲みやすいだろう」

村では安価な緑茶ばかりだったので、なんだか上品な味がするなと思いつつ、改めて部屋の中を見回した。

部屋自体はそこまで広くはないけれど、置かれている長椅子や簞笥などの家具はどれも良品に見える。派手さはないものの、春璃が育った質素な住まいとは明らかに違う雰囲気が漂っている気がした。

　高紫がどのような人物なのか分からないが、口を開かずとも茶を出してくれる侍女や側仕えの男もずっとうしろに控えているので、庶民ではないのだろう。

　しかし、ここはまだ都市部ではないはず。それなりの家柄ならば、北のはずれに住むとは考えられないが……。

「春璃」

　考えを巡らせていた春璃は、名を呼ばれてハッと顔を上げる。

「何かあったのか」

「……え？」

「気づいていないみたいだが、目を覚ましてからずっと、顔から殺気が出ている」

　驚いた春璃は、咄嗟に右手を自分の頬に当てた。

「宮廷へ行く目的とやらが、そうさせているのか」

　見透かすような微笑を浮かべた高紫に、思わずうつむいてしまった。何食わぬ顔をすればいいものを、これでは図星だと言っているようなものだ。

「皇帝の暗殺でも企(くわだ)てているのか」

「まさか！　そんなことはありません」

　戯(ざ)れ言(ごと)だと分かっていたが、春璃はきっぱりと否定した。倒れてからどれほど経っているのか不明だが、正直、冗談につき合っている場合ではない。

「では、何を企んでいる」

「何も企んでいません。私はただ、姐に会いに行くだけです」

決して、嘘ではない。強く唇を噛んだ春璃は、揺らぐことのない眼差しを向けた。

「姐にね……。それならわざわざ春璃が宮女にならなくとも、面会を申請すればいいだろ。もしくは、その姐とやらが暇をもらって帰ってくれば、いくらでも会えるじゃないか」

たしかに高紫の言う通りなのだが、それができればどんなによかったか。

「詳しくは申し上げられませんが、どうしても宮女にならなければいけない事情があるのです」

「理由は言えないということか」

「助けていただいたのに、申し訳ございません」

その気持ちに偽りはないため、頭を下げて謝意を表したのだが……。

「べつに構わないが、煌華宮と聞いて煌びやかな世界を想像したのなら、やめたほうがいい。軽い気持ちで勤まるほど楽な仕事ではないからな」

頭上に降ってきた言葉に反応した春璃は、頭を起こして高紫を直視する。

まるで働いたことがあるかのような口ぶりだが、今の春璃には聞き流すことのできない言葉だ。

「決して、軽い気持ちなどではございません」

落ち着いているつもりだが、自ずと語気を強めた声に動揺が混ざる。

「理由があると言いながら、本当は自分が宮女になりたいだけなのでは？」

なおも挑発するかのように冷たく言い放つ高紫を、春璃は睨んだ。

命を救ってもらったことは感謝しているが、お前に何が分かるのだと今すぐ叫びたい気持ちを必死に押し殺し、拳を握る。だが……。

「もしくは姐に会うというのはただの口実で、何か他に目的でも——」

「何も知らないくせに、勝手なこと言わないで！」

長椅子から立ち上がった春璃は、耐えきれずに声を荒らげた。

悲しみも苦しみも胸の奥に押し込み、皆に心配をかけないよう必死に平静を装ってきた。けれど高紫の言葉により、これまで自分一人で抱えてきた感情が堰を切ったように溢れ出す。

「会いに行って会えるならとっくにそうしているし、帰って来られるなら今すぐにそうしてほしいと伝えています！　だけど、だけど……それができないから行くのです！」

張り詰めていた糸が一度切れてしまったら、すべてを吐き出すまでもとには戻らない。それが分かっていたからこそ我慢していたのに、こうなってしまっては、もう止まらない。

「私がこの書簡を目にするのは二度目で、一度目は四年前、姐のもとに届きました。そして、宮廷に行くか悩んでいる姐の背中を押したのは私です。姐の人生を応援したくて、私が……」

春璃は懐から取り出した書簡を握りしめ、自分を責めるように声を震わせた。

忘れもしない。それは四年前、本格的な雪の季節が間近に迫る頃。春璃の姐、朱夏宛てに突然宮廷からの書簡が届いた。

内容は、簡単に言うと煌華宮で働く権利を朱夏に与えるというもので、その意思がある場合は指定された日時に集まるようにとのことだった。

煌華宮で働けば、最下級の宮女であってもそれなりの給金をもらえる。春璃一人を養うためなら、その半分を仕送りすればじゅうぶんだろう。むしろ、今より楽な暮らしができるかもしれない。だが、村を出て働くということは、春璃を一人残すことになる。

だからこそ、朱夏は迷っていたのではないだろうか。その三年前に両親を事故で亡くした上に、春璃は朱夏の四つ下で、当時まだ十三歳だった。いくら村人たちが面倒を見てくれるとはいえ、離れるのは心苦しいし寂しくもあると。

そんなふうに葛藤しているであろう朱夏の背中を押したのは、春璃自身だった。なぜなら、春璃は気づいていたからだ。書簡に目を通していた朱夏の瞳に、僅かな喜色が浮かんでいたことに。

煌華宮に仕えることができるのは、選ばれた極僅かな人間だけ。それはとても名誉なことなのだと、この岑国に住む者なら誰もが知っている。宮女採用制度が変わってからは、たとえ下女といえども簡単に働くことはできなくなったことも、そう思われる要因のひとつだろう。

特例を除き、齢十七を過ぎた女の中から選定された者に書簡が送られ、それを手にした者のみが、その地――煌華宮に足を踏み入れることができる。そのため、以前にも増して宮女となることに憧れを抱く者が多くなっているのだと、春璃は村の人から聞いていた。

したがって、朱夏も心の奥に宮女への憧れを抱いていたのかもしれない。その思いが、書簡を目にした時に表れたのだろう。

だが、慈愛に満ちた心根の優しい朱夏は、自分の気持ちよりも真っ先に春璃の幸せを願うような人だ。春璃が『行かないで』と言えば、その通りにするだろう。だからこそ、朱夏の本心をその表情から感じ取った春璃は、姐に言った。

『行ってきなよ。煌華宮で働けるなんて、とてもありがたいことなんだから』

春璃にとってたった一人の家族であり、大切な姐だからこそ、朱夏には自分の人生を生きてほしかった。行きたいところがあれば行って、やりたいことがあるなら遠慮せずにやってほしい。春璃は、自分のために朱夏の人生が犠牲になることだけは絶対に嫌だったのだ。

『私はもう十三歳だし、自分のことは自分でできるよ』

何もできない小さな子供ではないし、村の人はみんな家族のようなもので、困ったら助けてもらえる。だから心配するなと、春璃は朱夏と離れることへの寂しさを胸の奥底にしまい、背中を押した。

そして朱夏は、宮廷に向かう決意をした。

『無事宮女になれたら、三年働いて必ず戻って来るから』

朱夏に頭を撫でられると、鼻の奥がツンと痛んだ。

このままずっと、離れ離れになるわけではない。三年なんてきっとあっという間だ。そう言い聞かせながら唇を噛み、春璃はぐっと涙を堪える。

両親が他界してから、たくさんの優しさと愛情を注いでくれた朱夏。姐がいたから、自分は生きてこられた。姐がいたから、寂しくはなかった。決して豊かとは言えない暮らしでも、姐がいたから幸せだった。だから今度は、自分が朱夏の人生を応援する番だ。

利発で働き者だから、きっといい仕事をするだろう。容姿端麗なので、もしかすると帝の目に留まることもあるかもしれない。そうなれば、朱夏の幸せはきっと一生保証される。

そう信じて疑わなかった春璃は、家を出る朱夏を笑顔で見送った。

これが今生の別れになるなど、想像もせず……――。

「心優しく聡明な姐は、きっとまわりの人たちに慕われるいい宮女になる。そして年季を終えて帰って来た姐から、知らない世界の話をたくさん聞かせてもらうんだって、そう思っていました。そうなる未来しか考えていなかった。だって、誰が想像できるって言うんですか！」

自分自身に語りかけるように吐き出した春璃は、下げていた視線を高紫へ向ける。

「家を出てたったの一年で……死ぬなんて……」

赤みがかった柔らかな長い髪。朱夏のうしろ姿が、今も春璃の脳裏に焼きついて離れない。

あの時、なぜ行くなと泣きつかなかったのか、なぜ背中を押してしまったのか。春璃は何度も何度も自分を責めた。

歪む視線の先で高紫が僅かに反応を示した気がしたが、何を思われようと、もうどうでもよかった。

「姐の死を、こんな紙切れ一枚で済ませるなんて、納得できるはずがない！」

春璃は、懐からくしゃくしゃになったもう一通の書簡を取り出し、卓子の上に叩きつけた。

【朱夏女史、不慮の事故により逝去】

その文面を、高紫は静かに見つめている。

「だけど、こんなもの……これで姐が死んで、はいそうですかって終わりになんてできません。だから、死んだというなら朱夏小姐の亡骸を故郷に返してほしいと、今度はこちらから文を書いて送ったんです」

村に上質な紙などないため、無論送ったのは木簡だ。

「でも、ふた月待って返ってきたのが、亡骸は懇ろに弔ったという言葉だけでした」

それでも諦めきれず、何度も何度も訴えた。しかし、返ってくる言葉はすべて同じ。訃報も、家族に無断で埋葬したことも真実であるなら、なぜ墓参りすら叶わないのか。

「そんなことが許されますか？　いいえ、許す許さないの前に、信じられるわけないじゃないですか」

あの日以降、泣き続けた春璃に残ったものは怒りでも悲しみでもなく、疑心であった。

何かがおかしい。そう気づいたが、すぐにでも駆け出したい感情を必死に抑え、冷静になった。

朱夏の訃報から、送った木簡は数知れず。それなのに、春璃の疑念が解消される兆しはまったくなかった。このまま勢いにまかせて帝都へ行き、宮廷まで足を運んで門を叩いたとして、話を聞いてもらえるのだろうか。

答えはおそらく否。話を聞くどころか、門前払いを食うことは目に見えている。そしてそれ以降、二度と春璃の言葉が宮廷内に届くことはないだろう。

だとすると、どうすべきか。

改訂された煌華宮の新たな制度によると、宮女となる資格を得られるのはこの国に住む十七歳の女。三年後、春璃が十七歳になれば、朱夏と同じように書簡が届くかもしれない。そうすれば、忍び込まずとも堂々と正面から煌華宮に入れる。

希薄な願いだったが、それまでは、朱夏が生きていることをただひたすら信じて待ち続けると決めた。

「だから私は、朱夏小姐をこの目で見るまでは信じないと、そう決めたんです。相手が誰であろうと、必ず真実を突き止めると」

こぼれないよう必死に耐えた涙が、春璃の大きな瞳を潤ませている。

滔々と語った春璃はうつむく。しばしの静寂が流れたあと、高紫が口を開いた。

「……すまなかった。先ほどの俺の言葉はすべて取り消し、謝罪する」

そう言って、頭を下げた。主君が見ず知らずの女に頭を下げたからか、うしろに控えている側仕えの若い男が若干焦りを見せた。

「私のほうこそ、感情的になってしまい、申し訳ございません」

すると、高紫が無言で春璃の肩にぽんと手を置いた。座れと優しく言われているような気がして、春璃は再び長椅子に腰を下ろす。高紫もまた、正面の椅子に座った。

心配させないために、宮廷に行く本当の理由は村の人たちにも告げていない。それなのに、感情が高ぶったとはいえ、会ったばかりの人にすべてをぶちまけてしまった。

けれど、どうしてだろう。誰にも迷惑をかけないよう一人で抱えると決めた心が、少しだけ、本当に少しだけ、軽くなったように感じた。

「つまり、朱夏だけではなく春璃にも書簡が届いたのは、偶然ということか」

「はい。正直私が宮女になれるとは思っていなかったので、書簡が届いた時にはとても驚いたのですが」

「そうか……。何もできず、ただ待つしかない三年間は、長かっただろう」

突然、予想外の言葉を高紫が口にし、春璃は目を見開く。

今すぐ宮廷へ行き、朱夏を返せと叫びたくなる気持ちを必死に押し殺してきた。だから、悲しみや苦しみに耐えながら待つ歳月は、たしかに途方もない時間だった。

けれど、それは春璃だけが背負う感情だ。誰にも話していないのだから、誰にも分かるはずがない。それなのに。

「春璃の気持ちは、俺にも分かる。つらかっただろう。よく一人で耐えたな」

高紫の声が耳に届いた刹那、春璃の瞳から溢れた涙が、ぽろぽろとこぼれ落ちる。

自分たちのことなど何も知らないはずなのに、なぜ高紫の言葉がこんなにも胸に深く届くのか。どうして涙が止まらないのだろう。拭っても拭っても溢れてくる。

そんな春璃に対し、高紫は草花が細かく刺繍された手巾を手渡した。白く美しい手巾を汚すことに躊躇いを感じた春璃は、それを優しく握りながら、ゆっくりと気持ちを落ち着かせる。

高紫の言葉が同情だとしても、一人で抱えてきた感情を打ち明け、その苦しみを理解してくれたことが嬉しかった。

「ありがとうございます」

震える声で伝えた春璃は、高紫の前で初めて笑みを浮かべた。

「やっと殺気が消えたな」

唇をほころばせながら再び戯れ言のように高紫が言うと、春璃は「最初から殺気など放っていません」と、また少しだけ笑った。

「今ここで、好きなだけ泣くといい。あの場所に行けば、泣いている暇などないだろうからな」

最後に目の縁に残った涙をもう一度指で拭い、春璃は顔を上げる。

「いえ、もう大丈夫です」

煌華宮がどんな場所なのかは分からないが、高紫の言う通り、これより先は泣いてなどいられないだろう。

朱夏の死を突きつけられた時に感じた悲しみや不安は、今すべて吐き出した。だからあとは、前へ進むだけだ。

気持ちを新たにすると、先ほど茉莉花茶を持ってきた侍女が再び何かを運んできた。

「月餅(げっぺい)でございます」

そう言って、今度は月餅がのった皿を置き、うしろに下がる。

「少し腹ごしらえをするといい」

「し、しかし、あまりのんびりしていては……」

「菓子を食べる時間くらいはあるだろう。それに、慌てなくても大丈夫だ」

悩んだが、頑なに断るのも失礼だと思い、春璃は茉莉花茶と共に月餅をいただいた。

「高紫さま、本当にありがとうございました」

菓子をいただいたことや助けてもらったことと、それだけでなく、もちろん心の内をさらけ出せたことへの感謝も含めて頭を下げた。

「せっかくの縁だ、途中まで送ろう」

「いえ、そこまでしていただかなくても」

「べつに春璃のためではない。俺もやらなければならないことがあるから、そのついでだ」

立ち上がった高紫は侍女に何かを指示し、側仕えと共に部屋を離れる。

「あの、高紫さま？　私は本当に……」

一人で大丈夫だと言おうとした春璃の前に、侍女が立ち塞がる。

「永芳と申します。失礼いたします」

春璃が瞬きをしながら首を傾げると、侍女の永芳は春璃の衣に手をかけ、脱がせようとした。

「あの、何をなさるのですか」

焦って抵抗するも、永芳は思いのほか力が強く、びくともしない。

「何って、着替えですよ。ご自分のお姿、見てごらんなさい」

「えっ？」

視線を下げると、着ていた麻の衣は土で随分と汚れていた。

「そのお衣装で宮廷へ行かれても、宮女になるどころか、入れてもらえませんよ」

「あっ、でも、その……」

「これはただの人助けですから。あなたも、困っている人がいれば手を差し伸べるでしょう？　高紫さまはあまり人を信じないからか、反対に人を見る目は結構あるんです」

「人を、信じない……？」

聞き返そうとした時、永芳が春璃の腕に衣の袖を通した。

「ほら、そちらの腕もよろしいですか」

「は、はい。すみません。あの、自分でやれますので」

勢いに圧されてしまったが、こんなふうに誰かに衣を着せてもらうのは随分と久しぶりだ。

「さぁ、できましたよ」

そうこうしているうちに、結局着替えが終わってしまった。再度視線を下げると、朱色の裙が目に入った。先ほどまで着ていた麻とは違って風をあまり通さない上に、四年前に朱夏が着ていた裙にとてもよく似ている色だ。

「木綿ですか？」

「そうだ」

いつの間にかまた部屋に戻っていた高紫が、着替えた春璃を見ながら答える。

「麻は論外だが、新人宮女が着るには絹より木綿のほうがいいだろ。まぁ、宮女になれば今着ているそれもすぐに必要なくなるがな」

どういう意味か分からなかったけれど、春璃はとにかく頭を下げた。

「あの、本当に何から何までありがとうございます」

なぜここまで親切にしてくれるのかは分からないが、永芳が言うように、それは本当にただの人助けなのかもしれない。

春璃は書簡を二通懐に入れ直し、荷物を背負った。そして高紫に続いて外に出ると、そこはもう森の中ではなかった。

倒れた春璃を助けた高紫は馬に乗り、森を抜けたすぐ先にあるこの家まで運んだらしい。

「中からでは分かりませんでしたが、なんだか寺のようですね」

呟きながら家の外観を見上げた。壁も柱も古びているものの、屋根は八角形で造りもしっかりしている。

「その通り、ここは随分昔に使われなくなった小さな寺だ」

それを補強して少しだけ増築し、住んでいるのだと高紫は言った。

「では、行くぞ」

「あ、はい。あの、お世話になりました」

春璃が頭を下げると、見送りに出ている永芳が「お気をつけて」と小さく右手を振った。

すでに側仕えの男が待機している馬車は、春璃が知る屋根のないものとは違い、屋根どころか覆いまである。やはり高紫は一般庶民というわけではなく官吏で、それも割と位が高いのではと密かに思いながら、高紫と共に乗り込んだ。

「森は抜けているとはいえ、北の中心都市までまだ丸一日はかかる。休める時に休んでおけ」

高紫はそう言って腕を組み、静かに目を閉じた。

「はい、分かりました」

返事をしたものの、すぐに眠れるほどまだ心は落ち着いていない。

ちらりと外を覗くと、道の両脇に立つ赤く色づいた木の葉が風に煽られ、疲れ果てたように次々と地面へ落ちていく。代わり映えのない景色を見ながら、春璃は考えた。

同じように書簡を受け取った者が他に何人いるのか分からないが、人選は誰がどのようにおこなっているのだろう。なぜ、春璃にも宮女となる権利が与えられたのか。

春璃が朱夏の死を不審に思って何度も宮廷へ訴えたことは、当然向こうも知っているはず。それなのにわざわざ宮廷内へ招くようなことをするのは、朱夏の死というものになんのうしろめたさもないからなのだろうか。

もしかしたら、この不安は取り越し苦労なのかもしれない。やはり本当は、生きているのでは……。

生きているからこそ、亡骸を見せられないのだ。きっと、そうに違いない。

――朱夏小姐。

今も脳裏に浮かぶ朱夏の笑顔を思いながら視線を前に戻した春璃は、隣で目を瞑っている高紫を一瞥したあと、同じように瞼を閉じた。

北部の中心都市に着くと、そこで高紫（コウシ）は馬車を降りた。

小屋が多く立ち並ぶ通りは市場だろうか。村に比べてずっと人が多いため驚いたけれど、帝都はこんなものではないぞと高紫に言われた。迷わず宮廷に行けるのか少し不安になる。

「では龍威（リュウイ）、頼んだぞ」

高紫の側仕えが、手綱を握ったまま頭を下げた。

「帝都まではこの通りにすれば問題ない」

そう言って、高紫は一枚の紙を渡してきた。またもや上質な紙だが、そこには帝都までの道筋や手段が細かく書かれている。

この先は龍威が御者として馬を操ってくれるようだが、最後までというわけではない。だが、春璃（シュンリー）が一人になったあとも、この指示書があれば難なくたどり着けるだろうと高紫に言われた。

「高紫さま、本当にありがとうございます。このお礼はいつか必ずさせてください」

ここまでしてもらって何も返せないのがもどかしいが、今はとにかく言葉で伝えるしかない。

「そうだな。いつか俺の頼みを聞いてもらうとしよう」

きっと気を遣わせないためにそう言ったのだろうけれど、春璃は「分かりました」と快く応え、高紫とはここで別れた。

高紫の手引き通り、途中の寝床や食事はすべて龍威が手配してくれ、あれからさらに五日かけて四台の馬車を乗り継ぎ難なく帝都に入った。

宮廷の周りは高い城壁に囲まれ、さらに堀で隔たれている。正門へ行くには、堀に架かった橋を渡るしかない。外敵を阻むためか、もしくは中の者を外へ出さないためか……。どちらにせよ、この橋を渡れば宮廷となる。

橋をゆっくりと渡りながら、目の前に広がる城壁を見つめた。川と同じく、ぐるりと宮廷を囲む高い壁。もちろん中の様子をうかがうことはできないが、少し離れれば高い塔のような建物の一部が外からでも見えた。

外廷へと繋がる南門は宮廷の正門のため、多くの衛兵が立っているが、荷を積んだ馬車や来訪者、官吏などが門を行き来しているからか、想像していたような物々しい雰囲気はあまりない。

指定された場所はこの南門ではなく反対側の北門のため、春璃は城壁に沿って北へ向かった。そして宮廷の裏側にあたる北門の前に到着。恐らくこの中が煌華宮だろう。

なんとか指定された日に着くことができ、安堵する。

だが時間にはまだ少し早いためか、そこにいるのは門衛のみ。春璃が自分宛てに届いた書簡を懐から取り出して見せると、ここで待つようにと言われた。

全員集まってから、ということだろうか。

逸る気持ちを抑えながら、閉じられている門を見つめた。

四年前、朱夏（シュカ）もこうして同じように門を見つめていたはずだ。きっと、宮廷という場所に夢を抱き、煌華宮で働けることを誇りに思いながら立っていたに違いない。

けれど今の春璃が抱く思いの中には、夢も誇りもない。あるのは疑念と後悔、そして朱夏に生きていてほしいという切なる願いだけだ。

時折感じる門衛の視線に体を強張らせながら待っていると、他にもちらほらと若い女が集まってきた。木綿の衣を着た者が多いが、中には妃かと思うほど派手な絹の襦裙（じゅくん）を着用している者もいた。だが、やはり麻を着ている者は誰一人としていない。

着替えさせてもらってよかったと安堵し、高紫や永芳（ヨンファン）に恩義を感じながら周囲を見回していると、一人の女性が目に留まった。

艶のある綺麗な黒髪の女性は、まるでそこに誰かが存在しているかのように門を睨みつけている。瞳には憎悪と深い哀愁が複雑に混ざり合っているように見えるが、それでいて美しく、ひときわ精彩を放っていた。

明らかに宮女になりたいという目ではなく、どちらかというと……と春璃が考えている

と、

「うわぁ～、間近で見るとすごいな～」

　突然誰かが声を上げた。

　一様に張り詰めた表情で静かに待っていたためか、その静寂を破るような声に全員の視線が集まった。髪を両耳の位置で輪っかに結っている声の主は、目を輝かせながら門を見上げている。

「門だけでも立派なのに、中はどうなっているんだろう」

　心の声が漏れ出ているかのように、かなり大きめの独り言を呟く彼女もまた、宮女となるべく集められた一人なのだろう。彼女の声に、まわりにいるほとんどの女たちは顔をしかめている。

　たしかに、場違いな声量で緊張感の欠片もないけれど、自然体で飾っていない姿を見ていると、なんだか安心する。

　彼女のことが気になった春璃は、近づいて「こんにちは」と声をかけた。すると、彼女は丸い目を春璃に向けて二、三度瞬きをする。

「私は春璃、よろしく。あなたは？」

「明明（メイメイ）よ」

　声をかけられると思っていなかったのか、明明は少し驚きながらも愛嬌のある瞳を向けた。

「いきなり声をかけちゃってごめんなさい」

「ううん、全然いいのよ。私、厳かな空気がどうも苦手で居心地悪いなって感じていたから、春璃が声をかけてくれて嬉しい」

とても自然で無邪気な明明の笑顔を前に、気を張っていた春璃の心は和んだけれど、そう思っているのは春璃だけのようで……。

「あなたたち、静かにしてくれないかしら。ここがどこだか分かっているの？」

青みがかった黒髪に煌びやかな花簪を挿している女が、心持ちつり上がった目を明明に向けた。綺麗な顔立ちだが、眉間には分かりやすく皺が寄っている。

「どこって、宮廷の北門の前だけど。知らなかったの？」

首を傾げながら明明が答えると、女は皺をより深くさせた。

「し、知ってるわよ！　あなたが場所をわきまえずに大きな声で話しているから、わざと言ったに決まってるでしょ！」

嫌みが通じなかったことに若干顔を赤らめた女は、場所をわきまえずに声を荒らげた。対する明明は、なぜ怒っているのか分からないというように、首を傾げたままだ。

「だいたい、あなたのような人がなぜ選ばれたのか不思議でならないわ。言葉遣いもおかしいし、見た目だって子供で、品性や美しさの欠片もないじゃない。あなたのところに届いた書簡は、きっと偽物よ。さっさと田舎に帰りなさい」

決まりの悪さを隠すようにまくし立てた女は、顎を僅かに上げ、したり顔で見下した。

　すると、さすがに頭にきたのか、明明はムッと唇を尖らせる。

「私は十七歳よ、子供じゃない。それに、品性や美しさは内面からくるものだと思ってるから、あなたのほうがよっぽど度量が狭くて野蛮に見えるけど」

　そう言い放つと、こめかみに青筋を立てた女は鬼のような形相で明明を睨んだ。

「なっ、なんて無礼な。私の父は高官なのよ！　あなたなんてどうせ北の田舎者で、ろくな仕事をしていない親のもとで貧しく育った、教養も何もない凡人でしょうに」

「無礼なのはどっちよ！　親を馬鹿にしたこと、今すぐ謝って」

「謝らなければいけないのはあなたでしょ。父に言って、あなたを今すぐ追い出すことだってできるのよ」

　まわりにいる大勢の女たちの反応はそれぞれで、唖然とした顔で二人のやりとりを見ている者もいれば、かかわりたくないと目を逸らす者、それこそ見下すような視線を向けている者もいる。そんな中、ひとつ息を吐いた春璃は、火花が飛び散る二人の間に割って入った。

「二人とも、もうやめましょう。これから一緒に働くのだから、そんな言い争いをしても無駄なだけです」

　女の鋭い視線が、今度は止めに入った春璃へ向かう。

「一緒に働く？　冗談でしょ。この田舎者は門を通ることなく、ここで帰るのよ。当然でしょ。まったく、こんな育ちの悪そうな田舎者に宮女になれる資格を与えるなんて、どうかしているわ」

女が鼻で笑った。

「なんですって」

またもや言い返そうとした明明の腕を春璃が摑み、首を静かに横に振る。そして、これ以上衝突しないよう、明明を隠すように女の正面に立った。

「北の田舎者は、明明ではなく私ですよ。申し遅れましたが、春璃です。私は北部のはずれにある小さな村で生まれ育ちましたが、田舎でも学ぶ場所はちゃんとあります。それに、明明が宮女となることに異議があるのなら、中に入った際に直接述べてみてはいかがでしょう。明明に書簡を送ったのは宮廷で働く文官か、それとももっと上のどなたか……」

春璃は、高い外壁の内側を指すように見上げながら言った。

「も、もういいわよ！　あなたたちはどうせ残らないだろうから」

若干の焦りを見せた女は、結局名乗ることなく二人を睨みつけ、フンと鼻息荒く背を向けた。

「春璃、ありがとね。ちょっとすっきりしたよ」

「ううん、私も少し腹が立ったから」

明明に対する言葉があまりにも酷かったので、つい感情的になってしまった。常に穏やかで冷静沈着だった朱夏と比べたら、自分はまだまだだと実感する春璃。

結局名前すら教えてくれなかったが、先ほどの女が言っていた『どうせ残らない』という言葉は気になる。

書簡には確かに宮女となる資格を得たとしか記載されていなかったが、つまりなれない場合もあるということなのだろうか。

そんなことを考えていると、ずっと黙って立っていた門衛二人が動きを見せた。集まっている女たちは一斉に口を閉じ、背筋を伸ばす。春璃と明明もまた、意識を門へと向けた。

いよいよ、門が開く。

たとえようのない緊張感が漂う中、大きな門の向こうから紫色の衣を着た女性が姿を現し、名は葉仙（ヨウセン）だと告げた。うしろにはもう一人宮女がついている。

葉仙が軽く会釈をすると、春璃を含む女たちが深く頭を下げる。

「まずはお一人ずつ確認させていただきますので、こちらへ」

その言葉を聞いた瞬間、先ほど明明に突っかかっていた女が我先にと前へ出た。それに続いて他の女たちも列を作り、届いた書簡を見せながら一人一人名前を伝える。

「香琳（コウリン）と申します」

鬼の形相とは打って変わって、先ほどの女が貼り付けたような笑顔を見せて言った。

「翠蘭（スイラン）です」

こちらは、門を見ながら複雑な表情を見せていた美女だ。

「あの……李雪（リセツ）と申します」

珍しい桃色の髪の小柄な可愛らしい女性が、明明の前でガチガチになりながら頭を下げた。

「明明です！」

「春璃と申します」

誰よりも通る声の明明に続き、春璃も懐から書簡を出してそう告げる。

他にもあと三十名以上はいる女たち全員が名を伝えると、葉仙は小さく頷き、集めた書簡を隣にいる緑色の衣を着た宮女に渡した。

「これより、あなた方を中へ案内いたします。遅れないようついて来てください」

この門を通れば、いよいよ煌華宮の中。朱夏がいた……否、今もいる場所へと足を踏み入れることになる。

胸に手を当てた春璃は、前だけを向いてゆっくりと足を進めた。

三話　黒女

思わぬ展開になった。

門を通ると、目の前に見えたのは想像していた豪華な宮などではなく、再び高い壁だったからだ。

「これって、どこに向かっていると思う？」

隣にいる明明（メイメイ）が、小声で春璃（シュンリー）に問いかけた。

「宮廷内のどこかだとは思うけど……」

門を通って石畳を歩いたかと思えば、葉仙（ヨウセン）はすぐに中央の道から逸れ、外壁のもうひとつ内側にある壁に沿って東に向かっているようだ。

宮廷の敷地内に入るのはもちろん春璃も初めてなので、今歩いている場所がどこなのかは分からないが、周囲は高い木々が生い茂っている。森とまでは言わないが、手入れが行き届いていないように思う。

門からの道筋と、見える景色を頭の中に叩き込むように、できるだけよく観察しながら歩く春璃とは違い、ほとんどの女たちはただただ困惑しているようだ。香琳（コウリン）はとても分かりやすく怪訝な顔をしている。

そして、しばらく歩いたところで葉仙は足を止めた。そこには、まるで木々に隠されているかのように、小さな建物が建っている。

小さいといっても春璃の家よりはずっと大きく、けれどここが帝の住む宮廷の中だと思うと、かなり質素な造りだ。

装飾の類は何もなく、所々汚れて年季の入った建物がふたつ並んでおり、扉の前には守衛が二名立っていた。守衛とはいえ男がいるということは、ここはまだ煌華宮ではないということか。

「なんか、地味だね」

小声で呟いたつもりだろうけれど、森閑とした中で、明明の声は予想以上に大きく響いた。他の女たちは、コソコソと不安と不満の声を漏らしている。

「あなた方にはここでひと月ほど、宮女となるべく学んでいただきます」

今度は皆が思わず「え?」と声を上げ、春璃も同じく驚いた。ひと月も学ぶとは……宮女として働くために必要な資格でもあるのだろうか。

葉仙に続いて建物の中に入り、最初の扉を開けると、そこは講堂だった。今ここにいる女たち全員が入っても問題ない程度の広さはある。だが、外観だけでなく中もやはり地味な造りだった。

女たちは葉仙から一枚の紙を受け取り、三名ずつ長椅子に座った。春璃の右隣には明明が、左には李雪(リセツ)が座る。

「私は春璃で、この子は明明。よろしく、李雪」

せっかく同じ椅子に座っているのだからと春璃が話しかけると、李雪は大きく見開いた目を潤ませた。

「よ、よろしくお願いします。あの私、ずっと緊張していて、何がなんだか分からなくて」

「分からないのは私たちも同じだから、大丈夫よ」

春璃の声に、李雪の表情がパッと明るくなる。

「ありがとうございます。あの、よろしくお願いします」

相当心細かったのだろう。声をかけられたことが泣くほど嬉しかったようで、李雪は目に涙を浮かべたまま笑顔を見せた。

目的はあくまで朱夏（シュカ）の消息を確かめることだが、二人とここで出会ったのも何かの縁かもしれない。春璃がそんなふうに思っていると、全員が椅子に座ったのを確認し、正面に立つ葉仙が顔を上げる。

「ここに集められたからといって、宮女になれるわけではございません。まずはじめに、簡単な診断を受けていただきます」

宮女になる第一歩は宮廷から書簡が届くことだが、今はその次の段階だと葉仙は言った。

「質問が記載されていますので、それに答えるだけです」

配られた紙には自分の名や出身地、家柄を書く欄や、この国の歴史についての簡単な質問もあるようだ。戸惑いながらも、女たちは言われた通りにする。

ここまでですでに疑問だらけだが、春璃もひとまず筆を取った。

すらすらと書き進める者、悩んで筆が止まる者などそれぞれだが、全員が書き終わるまでさほど時間はかからなかった。

集めた紙一枚一枚に目を通した葉仙は、小さく頷いてからその中の一枚を手にし、残りを側にいる宮女に渡した。

次は何が起こるのか見当もつかないため、講堂には謎の緊張感が漂っている。

「小風（シャオファン）は、どちらに」

葉仙がぐるりと見回しながら問いかけると、春璃の右斜め前にいる女が手を挙げた。

「はい、私ですが……」

不安を隠せないまま、小風が恐る恐る立ち上がると……。

「あなたには、今すぐここから立ち去っていただきます」

唐突に告げた葉仙の言葉に、言われた本人だけでなく他の女たちも皆驚き、どの顔にも狼狽（ろうばい）が表れている。もちろん春璃もその一人だ。

「えっと……ど、どういうことでしょうか？」

当然、そう聞き返すだろう。だが葉仙は、顔色を変えないまま答えた。

「そのままの意味です。速やかに退出……いえ、宮廷から出て行きなさい」

葉仙がパチンと両手を打ち鳴らすと、講堂に入ってきた守衛二名が、躊躇いなく小風の両腕を掴む。

「やめてください。まだ何もしていないのに、なぜこのようなことを！　無礼者！　父に言いつけるわよ！」

抵抗も虚しく、連れ出されてしまった小風の声だけが講堂の外に響くが、それもすぐに消えてしまった。

何が起こったのか理解できないまま、ほぼ全員が呆気に取られている。

隣に座っている李雪はうつむきながら手を震わせているけれど、あんなものを見せられたら誰だって不安になる。

「では、本題に入りましょう」

だが春璃が驚いたのは、何事もなかったかのように話を続けようとする、葉仙の振る舞いだった。

「ここからは宮女について説明を――」

「お待ちください」

春璃は意を決して立ち上がった。

「恐れながら、先ほどの女性はなぜ退出させられたのでしょうか。我々はあの紙に記載されていた質問に答えただけで、まだ何もしていないと思うのですが」

このまま進められても気持ちが悪いため正直に告げると、全員の視線が春璃に集まる。

「分かりました。時間がないので準備を進めながら手短にお話しします」

すると、葉仙の指示を受けた宮女が冊子のようなものを配りはじめた。

「あなた方については身辺調査を行った上で選定し、書簡をお送りしました。しかしながら、それだけでは個々の本当の性質について把握することはできません。したがって、宮女となる基本的な素質があるかどうかを見極めるには、直接会って判断するしかないのです」

基本的な素質とはなんのことだと問う前に、続けて葉仙が言った。

後宮で働く宮女、特に位の低い下女については、これまで厳しい条件などは特別設けていなかった。それどころか、かつては金目当てにかどわかされて連れてこられた女だろうと、構わず下女として働かせていたので、宮女の数はゆうに二千人は超えていたという。

春璃は思わず渋面を作る。

けれど、それらが大きく変化したのが二十三年前。現皇帝の曹虞雲(ソウグウン)に太子が生まれたことを機に改革が行われ、后妃を含む宮女の身分が一新された。

以前は読み書きのできない宮女もたくさんいたようだが、現在はたとえ下女であろうと、教養のない者を雇うことは禁じられているという。

「当然ながら、読み書きは基本中の基本、完璧でなければなりません。ですが、先ほどの小風はそれが乏しかったのです」

調査の段階では聡明な娘だとのことだったが、なんらかの権威を利用して調査書を改ざんしたのだろうと葉仙は言った。

「教養の他にも、宮女として最も大切なのは煌華宮での一切を、外部に漏らしてはならないことです。これは本題に繋がっていますので、みなさん配られた冊子をご覧ください」

　そこには【身分制度と規律】と書かれている。

「煌華宮とは、皇太子、栄青(エイセイ)殿下のために新たに造られた後宮のことで、別名〝華園〟と言われています。選ばれた女たちだけが集う煌びやかな世界ということで、いつからか華園と呼ばれるようになったようです」

　高紫(コウシ)が〝華園〟という言葉を出していたことを春璃は思い出した。

　葉仙の話に、そんなことは常識だと言わんばかりに反応を示さない者もいれば、初耳だと目を見開く者もいる。春璃はもちろん後者だ。しかも、煌華宮が帝ではなく皇太子のためにあるということも知らなかった。

　栄青とは皇帝の嫡男、つまり皇太子のことで、皇后は栄青を産んですぐに亡くなった。それ以降、皇后の座は空位になっているという話は春璃も聞いたことがある。

「なぜ新たに造られ、制度も一新したのか。その理由は現在、帝位継承者が皇太子殿下のみというところにあります」

　岑(シン)国において最も偉大な帝の血筋が途絶えることは、国の滅亡にも繋がりかねない。そのため、高齢である帝に代わり、皇太子が多くの子をもうけるために煌華宮は造られたと葉仙は言った。

　ちなみに帝も煌華宮に宮殿を持っているようだが、葉仙は帝について多くを語らなかった。そこにも何か理由があるのだろうかと、春璃は眉をひそめる。

「そして先ほども申した通り、後宮が生まれ変わったことにより、下女だろうとここで働くにはこうして選定を受ける必要があります。皆さんは素質ありと判断されましたが、これで終わりというわけではありません。華園での規律を守りながら宮女に必要な基礎を学んでいただき、ひと月後に無事宮女となる資格を得た者だけが、初めて華園に入ることが許されるのです」

　ということは、やはりここはまだ華園ではないということだろう。とはいえ、これだけの女がひとつの場所に集まっているのだから外廷というわけでもなく、位置的には宮廷の敷地内でも華園の一歩手前といったところだろうか。春璃は思案した。

「次に、華園での規律と、身分や役割について説明します」

　葉仙が言うと、この場にいる女たちの多くが一斉に前のめりになる。

「宮女の身分は、大きく分けて七つ」

　春璃は、それが記されている冊子を確認する。

【身分制度】

紅女（コウジョ）：皇太子妃（一名）

桃女（トウジョ）：妃嬪（人数制限なし）

　※桃女の中でも位が分かれており、それぞれに宮や棟が与えられる。

【その他の宮女】

黒女（コクジョ）：華園の最高責任者。皇帝・皇太子との取り次ぎ役（一名）
紫女（シジョ）：黒女の補佐。黒女不在の場合、その役目を代わりに担うこともある（十名）
青女（セイジョ）：紅女・桃女の侍女（妃嬪の人数に準ずる）
緑女（リョクジョ）：文書作成・記録などの事務担当。宮女として外廷勤務の可能性あり（百名前後）
黄女（オウジョ）：下女。住居（掃除）、衣服（洗濯）、食事（配膳・食材管理）などの雑用係（人数制限なし）

【規律十ヶ条】
一、いかなる場合も皇帝陛下、皇太子殿下の命に背いてはならない。
一、煌華宮内での一切を外部に漏らしてはならない。
一、許可なき男の立ち入りを禁ずる。
一、煌華宮内の任務に従事する男と許可なくかかわってはならない。
一、身分の上下を問わず、許可なく煌華宮を出てはならない。
一、黄女は年に一度、緑女から紫女は二年に一度、五日間の宿下がりが許される。
一、黄女の年季は三年とする。紫女以下、希望があれば理由により途中退職可能。桃女は一定の年齢に達した場合、あるいは皇太子殿下の命によって退くことが許される。
一、身分ごとに定められた色の衣装を着用すること。
一、宮女同士、揉め事を起こさないこと。

一、どの身分も皇帝陛下、皇太子殿下に誠心誠意仕え、役割を果たすこと。

「――と、身分と規律はこのようになっています」

現在、皇太子に紅女（皇太子妃）はいない。だが、高位高官の娘が入内するのか、もしくは今いる桃女、あるいは宮女の誰かが皇太子の御手付きとなって出世するか。どちらにせよ、いずれは誰かが紅女の地位に就くことになる、ということだった。

ちなみに、宦官は改革後に廃止されたらしく、華園に残っている宦官は十数人程度。そのため、華園の各門には男の門衛が就き、守衛が華園内の監視なども行っている。

女だらけの園に男がいるとなると色事も起こりそうだが、許可なくかかわってはいけないので、心配はないのだろう。

これらの規律を破れば、もちろん双方罰せられる。処分は違反の内容によって変わるらしい。

「十ヶ条の他にも細かな規律がありますので、各自しっかりと読んでおいてください」

葉仙の話を聞いているのかいないのか、冊子を読む女たちの眼差しは怖いくらいに真剣だ。春璃もパラパラと紙を捲りながら、ひと通り目を通す。

黄女のみ全員揃いの衣が支給されるが、緑女以上は身分と同系色であれば、意匠を自分で注文し、衣装を仕立ててもらうこともできる。などといったことも書かれていた。

目の前にいる葉仙は、派手な刺繡が入った濃い紫色の裙を着用していることから紫女だと分かり、急に背筋を伸ばす女もちらほら。そんな中、春璃は一瞬眉をひそめた。

　これはつまり、色分けによって身分の上下を明確にするためだろうか。以前の後宮でも衣装の差はあっただろうが、位の呼び名に色が入っていることで一目瞭然となる。さらに、身分が上がれば当然衣装もそれ相応なものになるということ。

　妃嬪が着飾る理由はなんとなく分かるが、それ以下の宮女の場合、衣装の差が争いの火種になるだけのような気がして解せない。

「現在華園には宮女だけで千人ほどおりますが、そのほとんどが黄女です。ひと月後、あなた方も恐らく黄色い衣を着用することになるでしょう。しかしごく稀に、最初から黄女以外の位を与えられる者もおりますので、みなさん協力して励んでください」

　そんなことを言えば、火種どころか燃えてしまう気がする。〝宮女同士、揉め事を起こさないこと〟という規律もあるというのに、わざとなのだろうかと春璃はさらに不快感を覚える。

「なんか、協力どころか亀裂が入りそう」

　片肘を突きながら呟いた明明も、同じことを考えているらしい。春璃は同意するように頷いた。すでに目の色を変えている者もいて、香琳もその一人だ。負けないと言わんばかりに周囲に睨みを利かせている。

　しかし、身分などどうでもいいとすぐに切り替えた春璃は、朱夏のことを考えた。

朱夏も四年前、同じようにこの場所にいたのだろう。そしてひと月学んだあと、宮女になった。美しく優しい朱夏なら、はじまりは黄女であっても後々位が高くなることもじゅうぶんにあり得る。

けれど、まるで隠蔽するかのように亡骸を確認させない理由とは、なんなのだろうか。死んだことを信じさせたいのであれば、遺体を見せるのが一番手っ取り早いというのに、そうしない理由はなんだ。

いくら考えても、答えはひとつしか浮かばない。それは、朱夏が生きているということ。生きているならば当然遺体は見せられないし、詳しい経緯を話せない理由にもなるからだ。

――朱夏小姐(ねえさん)は、きっと生きている。

自分に言い聞かせるように沈思黙考していると、突然講堂の扉が開いた。

皆の視線が集まる中、強い外光と共に黒い襦裙を着用した宮女が姿を現した。

「滞りなく進んでいますか」

黒い衣装ということは、華園における最高責任者である黒女。

そう理解した瞬間、空気が変わったのを春璃も感じた。威風堂々とした黒女の姿に、女たちは一様に息を呑む。

「玉瑛(ギョクエイ)さま。はい、たった今、規律についての説明を終えたところです」

葉仙が深く頭を下げると、金糸で細かな刺繍が施された漆黒の衣装を身にまとった玉瑛は、この場にいる女たちのことを静かに見回した。息すらしてはいけないような、そんな威圧感を覚える視線だ。

齢は四十前後だろうか、貫録に満ちた表情は美しいけれど、どこか氷のような冷たさも感じられる。

「私は、華園の一切を取り仕切る黒女、玉瑛です」

最高権力者たる威厳を感じながら、春璃は思った。黒女というからには、長年宮廷に仕えてきたのだろう。つまり、黒女なら朱夏のことも何か知っているかもしれない。いや、確実に把握しているはずだ。

「ひと月後に全員が宮女として華園へ入れるよう願っておりますので、しっかり励みなさい」

玉瑛が、面のような微笑を浮かべながら去ろうとした刹那、春璃の左斜め前に座っている翠蘭（スイラン）がスッと手を伸ばし、立ち上がった。

「恐れながら、お伺いしたいことがございます」

春璃は、ほんの僅かに浮かせた腰を、もとの位置に戻す。

「お座りなさい。玉瑛さまはあなた方とお話しできるような立場では――」

「構いません。なんですか」

言いかけた葉仙の言葉を、玉瑛が右手を伸ばして制止した。

「無礼を承知で申し上げますが、私を含めここにいる者たちは、どのようにして選ばれたのでしょうか」

葉仙は目を丸くし、他の女たちも唖然とする。先ほど一人連れ出されてしまったばかりなのだから、何か粗相があれば次は自分の番かもしれないと思うのは当然で、余計なことは言わないほうが賢明だろうという空気があった。

けれど翠蘭は、玉瑛の目を見て問いかけた。正直、そこは春璃も引っかかっていたことなので、もし翠蘭が立ち上がっていなければ春璃が聞いていただろう。

葉仙は顔を引きつらせているが、玉瑛は変わらず平静を保っている。

「それについては、この国で最も尊い御方と紅女さまによって毎年選定を行っています。ただ、選定の基準は規則によりお話しすることはできません」

当たり障りのない答えが返ってきたことに春璃は落胆するが、翠蘭はここで引き下がらなかった。

「しかしながら、現在紅女はいらっしゃらないと聞いております」

再び質問を投げかけると、側にいる葉仙は明らかにやきもきしており、玉瑛の顔色をうかがっている。

「ええ、おっしゃる通り、紅女はおりません。そのため、今は陛下お一人で決められているのです」

「では、私がここにいるのは皇帝陛下が選んで下さったから、ということでしょうか」

「立場をわきまえなさい！　玉瑛さま、申し訳ございません」

痺れを切らした葉仙が深々と頭を下げ、他の女たちは息を呑んで緊迫したやり取りを見守っている。

「構いませんよ。あなたはとてもお強いようですね」

玉瑛は、冷ややかな笑みを浮かべた。

「宮女には時に強さも大切です。ここにいられることを誇りに思い、宮女として一身を捧げる気持ちで励みなさい」

これ以上口を開くことは許さない。玉瑛の突き刺すような眼光からそんな凄みを感じ取った翠蘭は、静かに頭を下げて腰を下ろした。

やはり、期待していた答えは得られなかった。

朱夏が死んだというなら、亡骸を確認させろと再三にわたって訴えてきた春璃を、なぜわざわざ選んだのか。やましいことがないからなのか、それともあえて宮女にすることで疑いの目を逸らす作戦か。もしくは、他に何か理由があるのだろうか……。

✖

春璃が帝都へ向かうひと月前。

華園の南に建っている雅な宮殿の一室に、この国において最も高貴で偉大と言われている帝と、黒女玉瑛の姿が在った。

長椅子に座る帝と卓子を挟んで正面に立つ玉瑛の視線は、卓子の上にある二枚の紙に向けられている。その様子を、部屋の隅にいる一人の宮女が黙って見つめていた。

「これ以上は待てませんので、よろしいですね？」

玉瑛が念を押すと、帝は顎髭に触れながら眉を寄せた。

「しかし、なぜわざわざこの二人を」

「そこまで大きな意味はございませんよ。お二人はただの端緒にすぎません。それに、この件に関しては私に一任していただくという約束です」

「しかし、もし〝あのこと〟が公にでもなったら……」

血色の悪い顔を卓子に向けたまま弱々しく呟く声は、一国の最高権力者とは思えない。

「あんなもの、嫉妬と欲望にまみれた華園においては、取るに足らない些細なこと。これまでも色々あったではないですか」

薹が立ってもなお枯れることなく開ききった花は、妖艶さを含む氷のような微笑を浮かべた。

後宮という場所は、華やかであり残酷だ。身をもって経験している玉瑛だからこそ、対峙している相手が帝だとしても動じないのだろう。

「華園で起こるすべては、これからも些細なことなのです」

己の手にかかれば、どんなことも簡単に片がつく。そう言っているようにも聞こえるが、帝は茶杯を手に取り「好きにしろ」と告げた。

「では、進めさせていただきます」

玉瑛の目線の先、卓子に置かれた紙には、二人の名が記されていた。

【春璃】
【翠蘭】

ひと月の間、女たちは宮女となるための指導を受けた。

日中は華園についての規律や宮女としての心得を学び、洗濯や掃除など、実際の黄女の仕事と同様のことをこなす。正式に宮女となった時、使い物にならなければ意味がないからだ。

さらに煌華宮の宮女として必要な礼儀作法や、紫女による十日に一度の面接も行われた。

そして夜になると講堂の隣にある建物へ移動し、広い部屋に全員で眠る。もちろん寝台などはなく、藁などを編んで作ったむしろの上に寝るのだが、これには「まるで監獄生活だ」と、多くの女たちが不満を露わにしていた。

ある程度の名家で育った娘が多いからかもしれないが、春璃（シュンリー）はなんとも思わず、明明（メイメイ）や李雪（リセツ）も嫌な顔は見せなかった。だがやはりというべきか、香琳（コウリン）は口を開けば愚痴ばかりをこぼしていた。

そうした日々を経た最終日の昨日、最終試験が行われ、春璃たちはいよいよ正式な宮女となる日の朝を迎えた。

粥と香の物という質素な朝餉（あさげ）を終え、全員が講堂に集まっていた。

「なんか長かったようなあっという間だったような」

初日と同様に、講堂の長椅子に座りながら頬杖をつく明明。

「でも、これからが本当のはじまりだから」

背筋を伸ばしたまま、春璃が言う。朱夏（シュカ）への強い想いだけでやってきたこのひと月は、三年待った春璃にとってみれば一瞬だ。しかし、いざその時がやってくると、重い不安が胸に広がってくるのを感じていた。

「たしかに。だけど、結構減っちゃったよね」

両手を頭のうしろに組みながら明明が講堂を見回し、李雪は不安そうに頷く。

最初は五十名以上いた女の数が、今は三十名になっている。というのも、小風（シャオファン）の時のように途中で問答無用に退去させられた者が二十名ほどいたからだ。

集められた女の中には良家の子女も多くいるけれど、そうなると、家事をしたことがないという者も比例して多くなる。掃除も洗濯も春璃は当然のようにこなしてきたことだが、彼女らは不慣れな仕事に手間取り、基本的なことさえままならない。そういう者は宮女になっても使えないと判断され、ひと月を待たずして追い出されたらしい。

けれど、それだけではない。辞めさせられた者の半数は、理由が明確ではなかった。特別能力がないというわけでも、何か失敗をしたというわけでもないのに、なぜなのだろうと春璃はずっと疑問に思っていた。

宮女採用については最高責任者の黒女が独断で決めているのか、それとも他に何か基準でもあるのか。いくら考えても分からないが、一人、また一人と理由なく連れ出されていく様子には、不気味さを感じずにはいられなかった。

それが華園だといわれたらそこまでだが、常識では測れない世界に、少なからず春璃は不穏な空気を感じていた。

とはいえ、残ったほとんどの女たちにとっては、煌華宮の宮女になれることへの憧れのほうが勝っているようだ。

「ここまで来たのに、掃除や洗濯が苦手だから華園に入れないなんて悔しいよね。どうしてただの下女にまで完璧を求めるのかな～」

「あなた、そんなことも分からないでそこに座っているの？」

首を傾げる明明に、近くを通った香琳が見下ろすように言った。こうして嫌みを言われることにも慣れた明明は、またかと言わんばかりにため息をつく。

「なぜ最下級の黄女であってもこうして事前に学び、指導を受けなければならないのかなんて、少し考えれば分かることじゃない」

誰も教えてほしいなどとは言っていないのだが、香琳は腕を組んだまま得意げに続けた。

「黄女であっても、紅女や桃女になれる可能性があるからよ。考えてみなさいよ、皇太子殿下がふらりと華園に現れて、その辺にいる字も読めない下女に手を付けてしまったら？それで万が一懐妊して男子を産んでしまったら、大問題じゃない」

それでも明明はよく分からないのか、首を傾げたまま「なんで駄目なの？」と小声で春璃に耳打ちした。つもりだったのだが、元来声が大きい明明の声は、香琳にも聞こえてでしまったようだ。呆れたように再びため息をつかれ、明明はムッと口を尖らせる。

「女帝がいた時代もあったように、女が国を治めることだってあるかもしれない。その時、教養のない女が上に立って国政を執るようになったらどうなると思う？」

つまり誰が妃嬪や皇后、皇太后、あるいは女帝となっても問題ないよう、煌華宮では下女であろうときちんと選定を行うことになったというわけだ。

香琳はなんでも人より優れていないと気が済まない性格で、そういう部分が春璃はあまり理解できなかったのだが、この考えだけは納得できた。明明もなるほどと頷いている。

「てことは、そういう女が妃になっちゃった過去があるっていうことなのかなぁ」

明明の言う通り、恐らく過去の失敗を教訓として、後宮の改革が行われたに違いない。

「でもさぁ、下女が御手付きになるなんて滅多にないんじゃないの？　それとも、皇太子さまって好色家？」

さらりと言った明明の口を、春璃が咄嗟に押さえた。

まだ華園でないとはいえ、一応ここも宮廷の中。誰が聞いているか分からないところで、継承権一位の皇太子について軽々しく口にするのは危険なこと。しかもあまりよい印象ではない言葉ならなおさらだ。

「あんまりそういうことは大きな声で言わないほうがいいよ」

春璃はそう助言し、もごもごしている明明の口から手を離した。

「ほんと、あなたって無駄に声が大きいし、何も考えていないのね。なぜまだここに残っているのか不思議で仕方ないわ」

呆れたように明明を見下ろす香琳も、掃除や洗濯には慣れていないようで、最初は随分とてこずっていた。どうして自分がこんなことまでしなければならないのかという不満も大いにあったようだが、結果的にはこうして無事残っている。

性格はどうあれ、宮女になりたいという思いだけは強いようだ。

「まぁ、あなたが御手付きになることなんて天地がひっくり返ってもあり得ないから、安心しなさい」

ひらひらと手を振る香琳のうしろ姿に向かって、明明はムッとしながら舌を出す。春璃が「まぁまぁ」と明明をなだめていると、講堂の戸が開き、葉仙（ヨウセン）が入ってきた。

「いよいよ華園かぁ」

どこか遠い場所を見るように、明明が天井を見上げながら呟く。

春璃も、村にいた頃は煌華宮など一生かかわりのない場所だと思っていた。けれど、朱夏が宮女となったことで意識するようになり、今はもう、その存在がすぐ側にある。

平気だと思っていたのに、口の中が少し乾いている。目を閉じた春璃は胸に手を当てて深く呼吸をした。

――大丈夫、落ち着け。

「皆さんには、今日から正式な宮女として働いていただきます。衣を支給しますので、名を呼ばれたら順にこちらへ」

ひと月も閉じ込められ、建物の周辺以外出歩くこともできず、宮女になるために励んできた。にもかかわらず、労いの言葉は一切ない。ひと言くらいは何かあってもいいと思うが、葉仙は事務的に次々と衣を渡していく。

「やっぱみんな黄女だよね」

手にした黄色と白の衣を見ながら、明明が言った。春璃が受け取った衣も、もちろん同じ色だ。黄女、つまり最下級の宮女以外に、はじめからなれる者はほとんどいないという言葉通りの結果なのだが、黄色い裙を握りしめている香琳の表情には不満がありありと浮かんでいる。自分だけは違うという自信があったのかもしれないが、実際は全員黄女に……と春璃が思った時、突如どよめきが起こった。

「嘘、緑女じゃん」

呟きながら明明が目を丸くした。葉仙の手には緑色の衣がのせられており、前に立っているのは翠蘭(スイラン)だ。

「あなたは、緑女です」

予想外の出来事に他の女たちがざわつく中、翠蘭本人はいたって冷静に、顔色ひとつ変えることなく「はい」と答えて緑の衣を受け取る。

たった一人、緑女となった翠蘭。彼女のことを、春璃はほとんど知らない。なぜならこのひと月、翠蘭は必要な時以外、誰とも言葉を交わしていなかったからだ。

春璃が声をかけても返ってくる言葉は簡単な返事のみで、会話らしい会話は一度もできなかった。春璃に対してだけでなく、他の誰ともかかわろうとしない翠蘭は、やるべきことを淡々と完璧にこなすだけだった。

すべてにおいて非の打ち所がないといえばそうなのだが、翠蘭の表情にはどこか陰があるように見える。なぜかと言われたらもちろん分からないが、時折物悲しげに遠くを見ている翠蘭のことが、春璃はずっと気になっていた。ただの勘違いならそれでいいのだけれど……。

身分の差云々（うんぬん）がなくとも目を引く容姿なのに、ただ一人、緑色の衣を手にしている翠蘭はひと際目立っていた。だがそうなると、嫉視（しっし）する者が出てくるのは避けられない。

なぜ翠蘭だけが。何か汚い手を使ったのだろう。どうせ緑女止まりだ。愛想のない女が妃になれるはずがない。辛辣で皮肉な発言があちこちからひそひそと聞こえてくる。

「すぐに追い越してやる」

春璃の耳に微かに届いたのは、香琳の声だ。

まだ華園の敷地に入ってもいないのに、羨望と嫉妬の波が既に立ちはじめていることに、春璃は辟易（へきえき）した。

「――では、これより華園へ参ります」

三年間待ち続けた瞬間が、いよいよやってきた。姐を必ず見つけ出す。そう決意を新たに、春璃は下げた拳を強く握った。

葉仙が講堂の戸を開けると、全員が立ち上がってあとに続いた。

　講堂の外には木漏れ日が差しているが、思わず身震いしてしまうほどの風が頬を刺す。朝の空気は、凍てつくような冷たさだ。

「う～寒っ」

　明明は、両手で自分の体を包みながら背中を丸めた。確かに寒いけれど、故郷の森に比べたらまだまだだ。少しでも温かくなるようにと、春璃は明明の背中を擦りながら足を進めた。

　次第に木々の数が減っていき視界が開けてくると、そこは広々とした庭園だった。講堂の周囲のような鬱蒼とした雰囲気ではなく、景観を考えて植えられたような草木がいたるところに生えていた。

　そして庭園には、四本の朱色の柱に支えられた東屋がいくつか建っている。瑠璃瓦が美しく、ひと月過ごしたあの質素な建物よりもずっと豪華な造りだということは、遠目でもよく分かった。

「ここはまだ、煌華宮の庭園ではないのよね」

　誰かが言った言葉に、香琳がすかさず反応する。

「もちろん、ここはまだ煌華宮の外よ。庭園の先に、華園へ入るための門があるわ」

　皆が勉強したことを、まるでもう通ったかのように得意げに言う香琳には、明明含め多くの女が顔をしかめた。

そんな香琳の言葉通り、庭園を抜けると再び立派な門が見え、高い外壁がぐるりと周囲を囲っている。

「門の数はいくつあるのかな」

「ここに来るまでにふたつで、あれが三つ目でしょ。四つくらい？」

李雪の疑問に明明が答えたが、恐らく四つどころではないだろうと春璃は言った。

「最初に私たちが集められたのは北門だけど、宮廷の正門が南にあって、外壁に沿って歩いている途中に東門もあったから、きっと西にも門があると思う」

そして目の前に華園、つまり煌華宮に入るための門があるということは、華園の外壁沿いにもいくつか門があるのかもしれない。

随分と厳重だけれど、ここは皇帝や皇太子の住居があり、国の中枢なのだから当然だ。

「皆さん、ここから先が、かつて後宮と呼ばれた場所、煌華宮です」

門の中へ足を踏み入れた途端、女たちから自ずと歓声が上がった。

見えたのは、獅子や鳥、神獣などの装飾瓦が目を引く多くの建物。それらを支える柱の一本一本は、血の如き朱に塗られている。

いたるところに細かな彫刻が施され、色彩豊かな壁画が描かれている豪華絢爛な建物の数々を前に、皆は目を輝かせた。

「す、すごい……」

明明と李雪は声を揃え、香琳は羨望の強い眼差しを向けている。驚きと喜び、そして感嘆の声があちこちから聞こえてくるが、中には目に涙を浮かべている者さえいた。

皆が息をするのも忘れるほど圧倒される中、春璃は目の前の立派な建造物と煌びやかな光景に、目を光らせた。

複雑な想いが渦巻く。憧れや感動などというものは一切なく、あるのは疑心のみ。

──この広大な敷地のどこかに、きっと朱夏小姐(ねえさん)はいる。

そう信じている春璃は、下げた両手の拳を強く握った。

「春璃？　大丈夫？」

皆とは違う表情に気づいたのか、明明が心配そうに顔を覗き込んだ。

「どこか痛いの？」

自分の身を純粋に案じてくれる明明に、春璃の硬い表情から自然と笑みがこぼれる。

「ううん、大丈夫。見たこともない豪華な建物がたくさんあるから、驚いただけだよ」

「たしかに、本当に凄いよね。想像の何倍も広そうだし、奥のほうがどうなってるのか全然分からないもん。絶対迷子になるわ～」

明明の言う通り、どこまで続いているのか分からない敷地には、大小様々な宮や棟がそこかしこに建っている。

華園には桃女と呼ばれる妃嬪を含めた宮女たちの住居もあるが、皇太子が住む区間は華園の奥、最も南に位置する場所に宮殿があると葉仙は言った。

「華園は、この国に生まれた女たちの憧れです。あなたたちは、そんな場所で働くことのできる幸運に恵まれたのですから、華園に相応しい振る舞いを心掛けてください」

「はい」

皆が揃って返事をすると、緑の裙を着た宮女が一人現れた。

「ここから先、翠蘭はこちらの宮女に従ってください。他の方たちはこちらへ」

緑女となった翠蘭は、一人別の場所へ向かうらしい。様々な感情が渦巻く視線を一身に受けながら、春璃とすれ違う瞬間……。

——えっ？

翠蘭が、春璃の手に何かを握らせた。手の中にあるのは、小さな紙のようだ。

驚きのあまり顔を上げようとしたけれど、春璃はぐっと堪えてうつむいたまま右手を握りしめる。

これがなんなのかは分からないが、誰にも気づかれてはいけないと咄嗟に判断した。ずっと一人で沈黙を貫いてきた翠蘭が、初めて自ら他人とかかわろうとする行動を取ったのだ。そこには何か大きな理由があるのだろうと春璃は思い、何事もなかったかのように平静を装う。

翠蘭と別れた黄女一行は門から少し先へ進み、東側にある棟の前で立ち止まる。

「この棟が、あなたたちの宿舎になります」

いくつか並んで建っている同じ横長の造りの棟が、黄女の宿舎となる。装飾の類がない質素な造りは、どこかあの講堂を彷彿とさせるためか、先ほどまで輝いていた女たちの瞳が一気にどんよりと曇った。

長い廊下にはいくつか部屋があり、その中の大部屋ふたつが新人黄女の部屋になるらしい。

「荷物は中に運んでありますが、ここから先は同じ黄女が指導係としてつきます。早く仕事を覚えて、宮女としての役目をしっかりと果たすように」

葉仙は最後にそう言い残し、棟をあとにした。

自分の荷物を確認した春璃たちは、支給された黄色い衣を着用して再び外に出る。

ひと月の間に学んだことだが、黄女はだいたい十人前後でひとつの組となり、組ごとに役割が与えられて仕事をこなしている。それぞれの組の中には全体を仕切る長がいて、連絡事項は長を通じて伝えられる。

つまり、これまでの後宮の下女とは違い、煌華宮では最下級の宮女であっても統制がとれていると言えるだろう。

そして、新人はまず二人一組になり、そこに一人先輩黄女が指導係としてつき、仕事を教わることになる。

まさに今、春璃と明明の指導係となった黄女は、両手を腰に当てて二人の前で仁王立ちをしている。線は細いが上背があるため、なかなかの迫力だ。怖い人なのだろうか。

「春璃と申します」

「明明です」

二人が揃って「よろしくお願いします」と頭を下げると、黄女は唇の端を引き上げた。

「私は鈴花、十九歳よ。宮女としてはあなたたちの二年上ね、よろしく。私が指導係になったからには、立派な黄女に育て上げるから！」

よく通る歯切れのいい鈴花の声に、春璃と明明は一瞬目を丸くした。近くにいる黄女が何事かと視線を向けてしまうほど、大きな声だ。

「あっ、最初に確認しておくけど、あなたたちが宮女になろうと思った理由は何？」

急にそんなことを聞かれて少し戸惑う春璃だったが、本当の目的を口にするわけにはいかない。

「私は北部の田舎で生まれ育ったので、一度別の世界も見てみたいと思ったのと、お世話になった村の人たちに仕送りをするためです」

真の理由ではないが、どれも嘘ではない。

「えっと私は、親が『選ばれたのは奇跡だ』とかなんとか言って喜んじゃって、両親のためにも行くしかない空気だったので、仕方なく」

ひと月過ごして分かったことだが、明明は宮女にそこまでの憧れはないようなので、親のためというのは納得できる。

「なるほど。だとすると、二人とも出世したいとか上級妃になりたいとかいう欲はあまりないということね？」

鈴花がグイッと顔を近づけながら聞いてきたので、春璃と明明は若干引き気味に頷く。

「ならよかった。皇太子殿下の御手付きになることを夢見て華園に入ったのだから、黄女の仕事なんてやってられないわ。とかいう子たちだったら教えがいがないし」

「御手付きなんてそんな、絶対に嫌……じゃなくて、あり得ません。私なんて絶対に」

言葉を選びつつも、明明は慌てた様子で否定した。

内情などまるで知らなかった春璃だけれど、このひと月で華園の規律を知り、色々と分かったこともある。その中のひとつが、御手付きとなった者は自らの意思で華園を出ることはできないということ。

一度御手付きになり、それ以降一度も皇太子のお通りがなくても、許しを得られなければ一生華園の中で生きなければならないのだ。

宮女となることを強く望んだわけでもないのに、もし皇太子の目に留まってしまったら最悪だ。だから、明明が顔と両手を振りながら全力で拒否する気持ちはよく分かる。春璃の目的も、あくまで朱夏の消息を確かめることだ。出世を目論んでいるわけでも、妃になりたいわけでもない。

「それが聞けて安心したわ。じゃあ、早速仕事に取りかかりましょう。二人とも、これを持って」

鈴花に言われた通り、春璃と明明は大きな籠を背負おうとしたのだが、これが思いのほか重量級だ。一枚だと軽い衣も、たくさん集まれば石のように重くなる。

明明が危うくひっくり返りそうになると、別のところから小さな悲鳴が聞こえた。目をやると、籠を背負ってうしろに倒れている李雪の姿が目に入った。

心配して駆け寄りたくなったが、李雪はなんとか体勢を整えたようだ。

「体の小さい子だと、最初はああしてひっくり返っちゃうこともたまにあるの。だけどだんだん慣れてきて重心の置き方が分かってくるから、大丈夫よ」

何事も最初は慣れなくてあたり前、徐々に重い荷も軽々と持てるようになるからと、鈴花は二人を励ましてくれた。

できるだけ前傾姿勢で鈴花のあとに続くと、黄女の住む棟の裏側から少し先に水場が設けられていて、多くの黄女たちが働いていた。

華園の中心部から外れているからか、豪華な雰囲気はまったくない。

「ここに入る前に学んだと思うけど、黄女といっても住居、衣装、食事と担当が分かれていて、その中でも細かく色々とやることがあるのよ。あなたたちは私と同じ衣装だけれど、籠の中を見てもらうと分かる通り、新人はまず同じ黄女の衣を洗う決まりなの」

たしかに、籠の中は黄色い衣でいっぱいになっている。

雑用係といっても、いきなり位の高い宮女や妃嬪にかかわれるわけではなく、それらの雑用は仕事に慣れてから担当するのだと鈴花は言った。

位の高い宮女に対し、万が一粗相があれば謝罪だけでは済まないからだそうだ。「済まないって言ったって、まさかその場でいきなり首が飛ぶわけじゃないよね」と、若干引きつった笑みを浮かべる明明。

「さ、時間がないからはじめるわよ。朝が一番忙しいんだから、気合入れないと終わらないよ」

鈴花の言葉は大袈裟ではなく事実だということは、割と早い段階で判明した。

まず、籠いっぱいの衣類を取り出し水場で丁寧に洗ってから、どこの棟から出た洗濯物か分かるように決められた場所に干す。そして空になった籠を、木簡に書かれた番号ごとに各棟へ置き、再び洗濯物が入った籠を洗い場へ持って行く。

それをなんと三往復もしたところで、ようやく朝の洗濯が終わった。

水場で仕事をしている黄女は春璃たちだけではなく他にもたくさんいるので、一日の洗濯物の量は膨大だ。つまり、それだけ宮女の数が多いということになる。

「永遠に終わらないのかと思ったよ……」

水場のちょっとした段差に座り込んだ明明が、大きなため息をついた。

「こんなんで疲れてたら黄女は務まらないよ。日が落ちる前には今干した洗濯物すべてを取り込んでまた同じように運ばなきゃいけないし、その間に掃除もしないといけないからね」

「えっ？　掃除は別の黄女が担当するんじゃないんですか？」

「もちろんそうだけど、だからって私たちは洗濯だけやればいいってわけでもないのよ。手が足りない時は他の仕事を頼まれることも普通にあるから。もちろん掃除担当の黄女が洗濯をすることだってあるし」

要は、一応担当はあるけれど、頼まれればなんでもこなさなければならないのだ。

例えば広い敷地内にいくつかある庭園では、茶会が行われる前に整備などを任されることもある。それから掃除といっても、上級妃の住む宮は皇太子が訪れるかもしれない場所でもあるため、もちろん重要だ。だがそれ以上に、行事や儀式などが行われる講堂の掃除は帝や皇太子、国の重鎮たちが足を踏み入れる場所ということもあり、特に重要らしい。

黄女であっても選ばれて宮女になったからには、いつどこで重要な仕事を任されるか分からないため、気を抜かずに仕事に励んだほうがいいと鈴花は言った。

「もちろん、ずっと気を張っていたら疲れてしまうから息抜きは必要だし、あなたたちはまず仕事を覚えることが先決よ」

新人がそういった仕事を任されることはないと分かり、明明は少しホッとしている。

そして二人は鈴花の指示のもと、とある青女に頼まれているという棟の掃除を手伝うことになった。

場所は華園の中央に建つ講堂の南側だが、そこまでは最下級の黄女含め全員の宮女が入れる区間だ。しかし、黄女と緑女はその先の上級妃の宮がある区間より南には、許可なく立ち入ることはできない。

詳しいことは分からなかったが、掃除を頼まれたのは桃女の中でも位の低い下級妃が住む棟らしい。下級妃といっても、もちろん黄女の住む棟に比べたら豪華で装飾品も多く、それなりに立派な造りだ。

「ちょっとあなた、いい加減な仕事しないでちょうだい」

掃除を頼んできた青女だろうか、青い裙を着た女にキッと睨まれた。いい加減な仕事も何も、これからはじめようとしているところなのだけれど。

「まったく、だから新人は嫌だって言ったのに」

何をそんなに苛立っているのか春璃には分からなかったが、反論したら面倒なことになりそうなので、とりあえず「すみません」と謝罪した。頭を下げて済むならそのほうがいい。案の定、青女はこれ以上口を開くことなく、フンと鼻を鳴らして行ってしまった。

この青女然り、華園では横柄な態度を取る宮女がやたらと目につく。黄色以外の衣を着た宮女は特に、黄女に対してなぜか高圧的だ。

まだ初日だというのに、洗い場で黄女同士がいがみ合う姿も見かけた。ひとつの場所に女が多く集まれば、それだけいざこざも増えるということなのだろうか。けれど、宮女同士揉め事を起こさないという規律はなんのためなのだと、首を傾げたくなる。

親切な村の人たちに囲まれて育った春璃には、まったく理解できない。

そんなことを思いつつ、とにかく塵ひとつないように丁寧に掃除を終えると、春璃たちは水場へ戻る。そして今度は乾いた衣類を取り込み、各棟に運ぶこと三往復。

その後も荷を届けるなどの雑用をこなしたりして、気づけば日が西のほうへだいぶ落ちていた。橙(だいだい)色の夕日が広大な華園を照らしている。

鈴花はまだやることがあるからと、春璃と明明は先に夕餉をとることにした。

食堂が入っている建物は黄女たちの棟の近くにある。位の高い宮女と違い、部屋で待っていれば誰かが食事を運んで来てくれるわけではないので、中にいるのは黄女がほとんどだ。

すでに食事をしている者も数名いて、どこかで見たことのある顔だと思ったら、その中の一人は香琳だった。

彼女は春璃と明明に気づいたけれど、今までのように突っかかる気力もないのか、ぐったりした様子で汁物を口に運んでいる。

こちらも疲れているので余計な体力は使いたくない。これまでのように嫌みを言われて絡まれたらたまらないので、春璃と明明は香琳たちから離れた場所に並んで座った。

献立は朝餉と同じ粥と香の物の他に、点心と汁物が加わっただけの質素なものだが、疲れた体には胃に優しくてちょうどいい。

「なんか、あっという間だったね……」

「そうね。ずっと動いていた気がするし」

「規則とか宮女としての心得だとか散々言われてたけど、正直そんなものあってもなくても洗濯や掃除に追われて一日が終わっちゃうし、あのひと月はなんだったんだって思うよ」

口を尖らせた明明を見て、春璃はくすっと微笑んだ。

「たしかに。華園に相応しい振る舞いを心掛けるもなにも、黄女に一番必要なのは健康な体と体力かもしれないわね」

春璃が言うと「お上品にしていたら仕事が捗らないし」と、明明も笑った。

「でもさ、ずっと気になってたんだけど、煌華宮は皇太子さまのために造られたわけでしょ？　てことは、皇帝陛下の後宮はどこにあるのかな？」

夕餉をすべて食べ終えた明明が、頬杖をつきながら視線を上に向けた。

言われてみれば、華園については皇太子が世継ぎを儲ける場所だと理解したけれど、皇太子本人や帝についての説明はほとんどなかったので、よく分からないままだ。特に帝については、国の最高支配者で高齢であるということしか情報がない。

皇后はいないというのは聞いたけれど、妃嬪はいるのだろうか。だとすると皇太子さまのために煌華宮があるように、帝の妃嬪たちが住む後宮があって、世話をする宮女もいるはずだ。皇帝なのだから、皇太子のための煌華宮よりも広くて豪華だと考えるほうが普通だが、どうなのだろう。

「宮廷内のどこか別の場所か、それともまだ私たちが立ち入っていない華園内のどこかにあるのかもしれないわね……」

そう言ったものの、春璃は疑問を感じていた。

宮廷の南門から外壁に沿って歩いたからこそ分かるけれど、宮廷は確かに広い。だが宮廷の南側には外廷があるため、華園のこの広大さを考えたら、さらに帝のための後宮が宮廷内にあるとは考えにくい。

そうなると、帝の妃嬪はどこにいるのだろうか。

「あとさ、あとさ」

春璃が思案していると、明明が尻を横に滑らせながら、身を寄せてきた。

「華園って、やっぱり女の園って感じだよね」

「というと？」

春璃は首を傾げる。

「なんていうか、穏やかに話しているように見えても目が笑っていなかったり、嘘くさい話し方とか表情とか、『自分のほうが上よ』っていう気持ちが溢れちゃってる感じがして。まだ初日なのに、そういう宮女を結構見かけたからさ」

もちろん見た目だけでは分からないこともあるが、明明の話に春璃は頷く。

「私、帝都の手習所で学んでいたことがあって、なんかその時とちょっと似てるかもって思ってさ。むしろ、その時より酷いっていうか、怖いっていうか。女が集まると嫉妬が生まれるのは自然のことなのかな。ほら、香琳だってそうでしょ？」

女だからという理由では、理解できない。現に、女である春璃と明明は、なんの企みもなくこうして仲良く食事をとっているのだから。

「そういう人たちの気持ちは分からないけど、私は明明がいてくれて本当によかったと思ってるわ。一人で大きな門の前に立っていた時は、これからどうなるんだろうって、正直すごく不安だったから」

「それは私の台詞だよ。春璃が話しかけてくれなかったらどうなってたことか。ほら、私って元々自分で宮女になりたいって思ったわけじゃないからさ。でも春璃がいてくれるから、年季が明けるまで頑張れる気がする！」

視線を合わせて微笑み合う二人。だが次の瞬間、突如二人の間にぬっと顔が現れた。

驚愕した二人は「ひゃっ」と悲鳴を上げ、明明は危なく椅子から転げ落ちそうになった。

「ちょっと、私は妖怪じゃないのよ。そんなに驚かなくてもいいじゃない」

「す、すみません」

春璃と明明が声を揃えて謝ると、鈴花は二人の側に椅子を置き、腰を下ろした。

「別に怒ってないから大丈夫。二人とも私がうしろにいることにも気づかないで話してたから、ちょっと驚かせただけよ」

鈴花が悪戯っぽく笑う。鈴花の笑顔は、他の宮女の貼り付けたようなそれとは違って、安心できる。

「で、さっき聞こえたけど、あなたたち、陛下についてはまだ何も知らないってこと？」

「その話の時からいたんですね」

明明が笑いながら言うと、鈴花は「そうよ」と平然と答える。

「で、どうなの？　知りたい？」

「えっと、教えていただけるのであれば、知りたいです」

春璃がそう答えたのは、もちろん妃嬪は何人いてどんな暮らしをしているかなど、興味本位で知りたいわけではない。帝がかかわっているかどうかは不明だが、少しでも朱夏に繫がる手がかりが得られればと思ったからだ。今はとにかく、どんなに小さなことでも情報を集めたい。

「私は出世とかそんなものにまったく興味がないんだけど、その代わり色んな人から噂話を聞くのが好きで、ここじゃ情報通って言われてるのよ。だから、あなたたちにも教えてあげる」

「でも、情報を漏らすのは規律違反なのでは？」

なんだか嬉しそうに声を弾ませる鈴花に、明明が疑問をぶつける。

たしかに、華園での一切を外部に漏らしてはならないということは、葉仙から何度も言われてきた。

「もちろん、華園でのことを外部、つまり外の世界に漏らしたら罰せられるけれど、華園内で宮女たちが噂話をしたり聞いたりすることは、なんの問題もないの。考えてみなさいよ、これだけの女が集まっているんだから、噂話をするなというほうが無理な話でしょ。塀の中での話を外の人に聞かれることはないんだから」

鈴花に諭された二人は、「なるほど」と大きく頷いた。

「じゃあ、まずは陛下について……」

五話　噂話と秘め事

噂話程度だとしても、大きな声では話せないと鈴花(リンファ)に促され、三人は顔を寄せた。

「ここ華園が皇太子さまのためにあるということは分かっていると思うけど、だったら陛下の後宮はどこ？　と二人は思ったんでしょ？」

春璃(シュンリー)と明明(メイメイ)が首を縦に振ると、鈴花は続けた。

「結論から言うと、かつて後宮と言われていた場所は、この煌華宮だけなの。でも帝にも妃嬪は一応いると聞いているわ」

一度視線を上げた鈴花は、周囲をきょろきょろと見回してから、また口を開く。

「でもね、私が知る限り、陛下の妃嬪を見たっていう宮女は誰もいないの」

明明が思わず「えっ」と声を上げてしまい、自分の口をすぐに塞いだ。

よく知らない春璃でも、それはあり得ないことだと分かった。妃嬪がいるのならば、当然それらの世話をする侍女や下女もいる。茶会や催し物、行事の度に妃嬪は表に出てくるため、位の低い宮女でも、そういった時に妃の顔を見かける瞬間は必ずあるはずだからだ。

「誰もと言ったけれど、今この華園にいる宮女はほとんど誰も見たことがない、と言ったほうが正しいわね。というのも、華園ができた二十三年前に制度も一新したけれど、同時に宮女も新しくしたらしいのよ。それに、黄女は入れ替わりが激しいから、余計に何も知らない子が多いのかもしれないわ」

春璃の疑問を感じ取ったのか、鈴花がそう付言した。

昔から働いていた者にはそれなりの給金を与えて暇を取らせ、新たに宮女を雇った。つまり、煌華宮ができる前には存在したであろう現皇帝の後宮、そこにはどんな妃嬪がいてどんなことがあったのか、また今はどうなっているのか、ここで働いている宮女の中でそれを知る者はほとんどいないのだと鈴花は言った。

「だから、妃嬪はいる〝らしい〟ということしか私たちは言えなくて、当然見たこともないってわけ」

「あの、ではもし本当に妃嬪がどこかにいるとして、そのための宮は、どちらにあるのですか」

「この辺りは華園の北側だけれど、南に帝と皇太子さまの立派な宮がふたつあって、その近くに妃嬪が住む宮があるらしいわ。私たち黄女はその区間に立ち入れないから確認することはできないけど。でもね、私は正直言って疑っているのよ」

「何をですか？」

明明が尋ねると、鈴花は一層二人に顔を近づけた。それだけで、あまり人に聞かせられない言葉をこれから言うのだと分かる。

「本当は、陛下の妃嬪なんて……一人もいないんじゃないかって」

今度は春璃も驚いたが、二人はなんとか声を出さずに堪えた。代わりに瞼(まぶた)を大きく開いている。

「陛下の御子は皇太子さまお一人だということは知っているわよね。でも、皇后さまが亡くなられたとしても、他に妃嬪がいるならそんなのおかしいじゃない」

　生まれてから幼くして亡くなることはあるかもしれないが、帝にはそもそも他に子はいない。

「だから、はなから妃嬪はいないんじゃないかって私は思っているわ」

「でも、なぜですか？　後宮とはつまり、その、はっきり言ってしまえば世継ぎを儲けるための場所ですよね。それなのに妃嬪がいないとか、子が他に生まれていないとか」

「そうね、春璃の言う通りだけれど……。今から話すことは、これまであらゆる噂を耳にしてきた情報通である私の、単なる憶測にすぎないけれど」

　それでも聞きたいかという視線を向けてきたので、春璃は「聞かせてください」と答える。たとえ噂だろうと憶測だろうと、今はひとつでも多くの情報を集めたい。

「実は、今この国を動かしているのは陛下ではなく、黒女なんじゃないかって」

　黒女とは、つまり玉瑛（ギョクエイ）のことだ。春璃と明明は再び顔を見合わせた。

「さっき華園を建てた際に宮女も一新したって言ったけれど、あの方は今の皇帝が即位した時すでに宮女として働いていたの。けれど、能力を高く評価されたため唯一残留して、華園を取り仕切る黒女に抜擢されたらしいわ」

「ですが、だからといって……」

黒女といえども、宮廷に仕えている宮女ということに変わりはない。宮女が国政にかかわるなどあり得ないのでは。

だが、そんな春璃の疑問を受けた鈴花は、もうひとつの噂話を二人に聞かせた。

「華園が建てられた本当の理由は、一刻も早く皇太子さまを即位させるためだと言われているの」

帝の称号は、現皇帝が崩御した際にその嫡男である皇太子が継承することになる。従って、早く即位させたいからという理由で継ぐことなどできないはずだ。

「皇帝陛下は生きているのに、どうしてって思ったでしょ？　問題はそこよ」

鈴花が人差し指をピンと立てた。

「どうして即位させたいのか。それはね、陛下について密かにこんな噂があるからよ」

鈴花が手で口元を隠しながら、さらに小声で二人にこう伝えた。

「無能の愚帝だって……」

何度目か分からないが、春璃と明明がまたも目を見開くと、そんな噂が立った理由を鈴花が話してくれた。

今現在、この国の頂点に立つのはもちろん帝である曹虞雲(ソウグウン)だ。しかし先帝が早くに崩御し、十七歳という若さで帝位継承したことが原因なのかは定かではないが、虞雲は最初の戦にて隣国との領土争いに敗れてしまった。

その後、先帝からの信頼も厚かった軍師や武官の活躍により無事領土は取り戻したものの、帝の敗北は瞬く間に帝都に広がったらしい。

　国全土、つまり春璃の故郷のような田舎にまでその話が届く前に火消しを行ったようだが、一度広がった敗北の文字はその後も宮廷内に残り続けているらしい。

　もちろん、そんな話を実際口に出す者はいないけれど、一度根付いた帝の失態はなかなか消えないのだと鈴花は言った。

「そして、愚帝と言われている大きな要因がもうひとつ。ここ数年、公の場に帝がほとんど姿を現していないということよ」

　一時はすでにこの世にいないのではという噂も飛び交ったが、だとすると、それこそ葬儀を行って皇太子が堂々と即位すればいい話だ。しかし、皇太子が即位する様子はまだみられない。

　それに姿を見せないといっても、さすがに外廷での大事な儀式などの時には出てくるらしいので、生きていることは間違いない。だが、それならなぜほとんど姿を現さないのか。体の調子がよくないのか、それとも他に何か事情でもあるのか。

　外廷のことは宮女の知るところではないため、ハッキリとしたことは分からないが、皇帝としての権威が失墜しはじめているのは確かだと鈴花は言った。

「つまり、そんな人に国を動かす力はないし、そんな人のために資産を使って妃嬪を集める必要もないということよ。後宮はお金がかかるから、どうせ使うなら次期皇帝のためにと考えれば、煌華宮が建てられたこととなんとなく辻褄が合うでしょ」

帝のことは見限り、皇太子に賭けているということだろうか。帝に対してそのような無礼がまかり通るとしたら、帝自身がそれを受け入れている場合だけだろう。

「しかし、たとえ陛下がそうであったとしても、玉瑛さまは宮女ですよね」

「そうよね、だったら他の有能な高官が陛下の代わりを務めるのが自然よね。でも、玉瑛さまがそれ以上に強い権力を持っていたとしたらあり得ない話じゃないでしょ？　あくまで可能性の話だから、具体的なことは言えないけれど。表向きは陛下の言葉とされているものも、実はすべて玉瑛さまが裏で操っているんじゃないかって話もあるわ」

まさかと思うような話ばかりだが、変に信憑性があるのですべてが嘘だとはどうしても思えない。

「政（まつりごと）についてはもちろんよく分からないけど、よくも悪くもない状態が長く続いていたらしいの。だけど煌華宮が建ってからは少しずついい方向に動いていて、国の情勢は落ち着いてきているっていう話を聞いたことがあるわ」

玉瑛が華園の最高権力者となってから……ということだろうか。

もし本当に、裏で実権を握っているのが帝ではなく玉瑛だとすると、朱夏（シュカ）のことも玉瑛がそう指示をしたのだろうか。

——死んだことにしておきなさい。

そんなふうに言い放つ玉瑛の冷たい顔を想像した瞬間、春璃の背筋が凍った。

まさか、そんなことあるはずがない。色んなことを一気に聞きすぎたせいで、想像力が豊かになりすぎただけだ。

「ま、今話したことはどれも結局憶測にすぎないけれど、陛下についてひとつだけ間違いないと断言できることがあるとすれば、皇太子さまが生まれたという事実だけかしら」

皇太子のためにこれだけ広大な華園を新たに造らせ、後宮の改革を行ったことを考えると、早く皇帝の座につかせたいという話は事実なのかもしれない。

「その皇太子さまに私たちはまだお目にかかったことがないし、よく知らないんですが、どのような方なのでしょう」

明明が素朴な疑問を口にすると、鈴花は少し困ったように眉間にしわを作った。

「皇太子さまについても、また色々と噂や問題があるのよ。それに、実は三年前にも同じように……」

と、鈴花が意味深に呟いたところで、緑色の裙を着た宮女が数名食堂に現れた。春璃がよくよく注視するも、その中に翠蘭（スイラン）の姿はない。

「ちょっと長く話しすぎちゃったわね。さ、部屋に戻って明日に備えましょう」

鈴花が焦ったように言って立ち上がったので、二人もそれに続いた。華園を染めていた夕日が、いつの間にか外壁の下に沈んでいる。どうりで風が冷たいわけだ。

「なんだか、日が落ちるのも随分と早くなりましたよね」

明明が空を見上げたので、つられて春璃も天を仰いだ。夜空に星々が散らばっていて綺麗だけれど、どこまでも続く高い闇は、恐ろしくもある。

「華園は高い壁に阻まれて外の世界から隔離されている分、余計に暗く感じるのかもしれないわね」

各所にある石の灯籠にぼんやりと照らされた華園は、昼間とはまた違う妖艶さを醸し出している。

時間的には就寝までまだ半刻はあったが、すでに日は落ちているため三人は急いで棟へ戻り、春璃と明明は鈴花と別れて自分たちの部屋に入った。

同室の新人黄女は全員すでに就寝しているが、それだけ皆も疲れたのだろう。李雪(リセツ)も可愛い寝息を立てて、ぐっすりと眠っていた。

できるだけ音を立てないよう、空いているむしろの上に横になり、二人は顔を見合わせて「おやすみ」と口だけを動かして目を瞑る。

けれど、春璃はしばらくして瞼を開いた。隣を見ると、明明はもう眠りに落ちているようだ。

春璃は真っ暗な天井を見上げたまま懐に手を忍ばせ、そこから小さく折りたたんだ一枚の紙を取り出す。そして暗闇に目が慣れてきたところで壁のほうを向き、背中を丸めて静かにそっと開いた。

〝突然このような形であなたに文を渡すことを、どうかお許しください。

春璃、あなたに朱夏という名の姐(あね)がいることを、私は知っています。というのも、実は私にも四年前に宮女となった姐がいるからです。

姐からは何度か文が送られてきて、内容はもちろん些細なことばかりでしたが、その文の中に同じ宮女である朱夏のことが書かれていたのです。朱夏は優しく素敵な宮女で、私と同じ歳の春璃という妹妹（いもうと）がいると。だから、門の前で春璃の名を聞いた時、文にあった朱夏の妹妹だとすぐに分かりました。

私がこうして文を書いたのは、春璃にお願いしたいことがあるからです。

私の姐の名は、麗沙（レイシャ）。あなたの姐と同じ二十一歳ですが、それは、生きていたらの話です。

三年ほど前、麗沙が自害したとの連絡を受けました。

当然、私たち家族は麗沙の死を信じることなどできませんでしたが、冷たくなった麗沙の姿を目にし、その手に触れた瞬間、受け入れるしかなかった。

しかし私は、麗沙の死は受け入れたけれど、自害したという理由は受け入れていません。麗沙は、自ら命を絶つような人ではなかった。麗沙の死を自害としなければならなかった理由が必ずあるはず。

私が宮女となったのは、麗沙が死んでしまった本当の理由を知るためです。

春璃は朱夏にもう会えたのでしょうか。私の話を信じてくださるのであれば、朱夏がどこにいるのか教えてください。もしまだ会えていないのなら、どんな些細なことでも構いません、何か知っていることがあれば教えてください。お願いします。〟

六話　再会

年が明けるまであとひと月。朝晩の風が氷のように冷たく感じられる季節となり、春璃（シュンリー）が華園に入ってから二十日が過ぎた。

初日と変わらず大量の衣類が入った籠を水場へ運んだが、初日と比べて随分と足が軽くなったように思う。これが慣れというものなのだろうけれど、どれだけ同じことを繰り返そうと、慣れないことも中にはある。

「ひぃ〜、今日も冷たいよ〜」

両手をパタパタと鳥の羽ばたきのように小刻みに振る明明（メイメイ）の指先が、真っ赤になっていた。

この時期、黄女の仕事は忙しさに加えて寒さや冷たさにも耐えなければならないと鈴花（リンファ）に言われていたが、水仕事の多い黄女にとっては想像以上につらい。

水場で洗濯をしている春璃と明明は、感覚がなくなった指先を自分の息で温めて擦り合わせ、そしてまた洗濯をする。それを繰り返しながら、早く春がこないかと願っていた。

「あ〜あ、同じ黄女でも部屋付きの黄女は今頃温かいお茶でも飲んでるのかなぁ。その黄女の衣を洗っているのが自分だと思うと、あと三年の年季に耐えられるかどうか……」

空を見上げてぼやく明明だが、なんだかんだ言いながらも手はしっかり動いているし、きちんとやるべき仕事をこなしている。不満があればその都度鈴花に愚痴を聞いてもらい、おやつをいただきながら宥めてもらえるのだから、他の新人黄女に比べたら自分たちは恵まれているほうだろう。

「大丈夫よ。この調子じゃ、きっとあっという間だから」

春璃は明明の背中をぽんぽんと二回優しく叩き、励ました。

「たしかに、宮女になってからは一日が驚くくらい速く感じられるもんね」

明明の言う通り、一日が瞬く間に過ぎていくけれど、その度に春璃の中には焦りが蓄積されていく。朱夏の行方を捜すどころか、日々の仕事に追われ、なんの手がかりも得られないままだからだ。

仕事がどれだけ忙しくても構わないが、春璃の目的はあくまで朱夏。黄女として働くだけでは意味がない。だから、本当は華園の中を駆けずり回り、誰かれ構わず話を聞きたい。

度々そんな焦燥に駆られるが、春璃はなんとか踏みとどまっていた。明明や鈴花、他の黄女たちに迷惑をかけたくないという思いがあるのと、そんなことをすればすぐに首が飛ぶと分かっているからだ。

「春璃、どうかした？　手、大丈夫？」

眉を下げた明明が、赤くなった春璃の手の上に自分の手を重ねた。考えごとをしていただけなのだが、冷たくて動かせずにいると思ったのかもしれない。

「大丈夫よ。ありがとう、明明」

心配をかけたくないため、笑みを浮かべながら首を横に振ると、

「また籠を倒したの？　いい加減にしてよ！」

少し離れた場所から突如怒号が聞こえてきた。

驚いて視線を向けると、野次馬が取り囲むその中心には黄女が二人。甲高い声で怒鳴っている黄女と、李雪（リセツ）だ。随分と怯えている様子の李雪に、春璃と明明は迷わずその場へ駆け寄る。

「すみません……」

「謝ればいいって問題じゃないわよ。何かあったら指導係である私の責任になるのよ」

野次馬の隙間を縫って近づくと、目尻をつり上げている黄女は苛立った声で李雪を責め立てていた。

「あれって、緑女に出世した例の宮女の？」

「そうそう。近づくと巻き込まれるから、放っておいたほうがいいわよ」

うしろにいる黄女たちの潜めた声が、春璃の耳に入った。それによると、李雪に怒りをぶつけている女は、親しくしていた宮女が先日緑女に格上げされたことが気に食わず、荒れているらしい。自分よりも身分が上になったことが許せないのか、溜まった苛立ちを新人にぶつけてそれを発散しているのだと話していた。

なんと自分勝手な理由なのだろう。明らかに理不尽だと分かっているのに止めない野次馬にも呆れるし、そんな女が指導係になってしまった李雪も気の毒だ。

「あなたみたいな人がいると、こっちが迷惑なの。さっさとこの華園から出て行きなさいよ」

腕を組んで睨む女の前で、李雪はうつむいたまま強く唇を噛んでいる。一見すると涙を堪えているようにも見えるが、そうではないと気づいた春璃が二人の間に入った。

「何かあったのですか」

李雪の前に立ち、女に尋ねる。

「は？　あなた誰よ、関係ない人は黙ってて」

「李雪は私の朋友なので、怒鳴られているのを黙って見ているわけにはいきません」

黄女の目を見つめながら言うと、女は小鼻を膨らませ、一層鋭い視線を春璃に向けた。

「もしかして、あなたも新入り？　だったらなおさら黙ってなさい。私はあなたより一年も前に宮女になったんだから」

「いえ、何年前とか新人とか、そんなことは関係ありません。まだ慣れない私たちには至らないところもあるかもしれませんが、だからといってこんなふうに一方的に怒鳴りつけても解決しないと思います」

真っ当な意見を冷静に返すと、女はますます目くじらを立てた。

「なんなのあなた、何様のつもりよ！」

まともな言葉で反論できないということは、やはり自身の鬱憤を李雪にぶつけているだけというのは本当らしい。

忙しくてこれまであまり気にしていなかったが、こういう理不尽ないじめのようなことは、きっと他でも行われているのだろう。華園に入ってまだ二十日だが、雑音くらいにしか思っていないような野次馬の無関心な表情を見れば、なんとなく分かる。

やはり、〝宮女同士、揉め事を起こさないこと〟という規律については、ただの建前か。

春璃はつい出てしまいそうになったため息をぐっと堪え、静かに息を吸ってから女を見る。

「私は、あなたと同じ華園の黄女です。指導係ならこんなふうに高圧的な態度で怒鳴るだけでなく、適切な指導をしていただけないでしょうか」

間違ったことはひとつも言っていないつもりだが、目の前の黄女は唇をひん曲げ、火でも噴き出しそうな目で睨みをきかせる。けれど春璃はそれをものともせず、さらに続ける。

「お気づきになりませんか？　よく見てください。李雪の顔色が悪いんです」

うしろにいる李雪を一瞥してから述べたけれど、黄女は乱暴に視線を投げ、鼻で笑った。

「だから何？　李雪みたいにうじうじした子がいると余計に腹が立つの。ただでさえ使えないんだから、多少具合が悪くても働きなさいよ。それが嫌ならさっさと田舎に帰りなさい」

居丈高に蔑む目だけで、この黄女の性格がどんなものなのかよく分かる。こんなくだらないことに時間を割いている暇も余裕も、本当はないのに。

我慢できず、春璃は分かりやすくため息をついた。

「李雪がうじうじしているように見えるのは、あなたの心が捻じ曲がっているからではないでしょうか。ご自分の勝手な苛立ちを、他の宮女にぶつけて発散させるのはおやめください。それに、懸命に働いている者に帰れと言えるほどの権限を、あなたはお持ちなのですか？　ないのなら、李雪を医局に連れて行きます。慣れない環境で少し体調を崩しているようなので」

言い切ったあとで、春璃は『またやってしまった』と自覚する。やはり自分は、朱夏のような冷静さがまだ足りない。などと思いながら視線を地面に落とした矢先。

「春璃！」

明明の叫び声にハッと顔を起こすと、目の前の黄女がもの凄い剣幕で、手に持っている箒を振り上げていた。

野次馬から小さな悲鳴が上がり、うしろにいる李雪が「危ない」と言いながら春璃の袖を強く摑む。しかし、箒で殴られるくらいなら死にはしないだろうと、本人はいたって冷静だった。

朱夏の死を知らされた時の恐怖や悲しみに比べれば、こんなものどうということはない。朱夏の安否が分からない今の状況より憂慮することなど、今後ないだろう。そんなことよりも、自分以外の誰かが手を上げられなくてよかった。

黄女が箒を振り下ろす瞬間、春璃は黄女の溜まった鬱憤を受け入れる覚悟をして瞼をギュッと閉じた。直後、「ガンッ」という音が響く。しかし、なぜか痛みはない。

おもむろに瞼を開くと、目の前には別の黄女の背中があった。

「大丈夫？」

背を向けたままだが、その声で春璃は理解した。鈴花だ。

鈴花は、先ほど振り下ろされた黄女の箒を、衣桁で見事に受け止めている。それを見た野次馬からは、なぜか「おぉ～」と驚きの喚声と拍手が湧いた。

「私って男兄弟の中で育ったからさ、親に隠れてこっそり剣術の鍛錬を真似ていたことがあってね。まさかそれが、女ばかりの華園で役立つ時がくるなんてね」

衣桁を立てて地面にトンと突きながら、鈴花は視線を正面の黄女に向けた。先ほどまでの勢いはどこへいったのか、黄女は箒を持つ手を震わせ、しまったと言わんばかりの表情で焦りを見せている。

「これはさすがによくないなぁ」

鈴花はそう言って黄女の手から箒を奪った。

「ち、違うのよ、そこの黄女が新人のくせに口答えしたから」

「新人だから？　その理論だと、私はあなたよりも一年先に宮女になっているので、私に従うということでよろしいかしら？」

「そ、それは……」

今までも、こうして自分の感情だけで周囲に当たったり、誰かをいじめたりしていたのだろう。新人ならどうせ自分には逆らえないと。その高慢さが仇となったようだ。

「女の園で争うなというのは無理な話でしょうけど、手を上げるのは許せないわ。今後このようなことがあれば、上に報告します。私は、この子たちの指導係なもので。ついでにそこの子も、今後は私の下につけますね」

李雪のことを指差して、鈴花が言った。

「異論はありますか？　なければみなさん仕事に戻りましょう」

鈴花が得意の大きな声でそう言い、両手をパンと打ち鳴らす。そして問題の黄女は、わざと春璃の肩にぶつかるようにし、「覚えていなさい」と小声で呟きながらその場を去った。

集まっていた野次馬たちはつまらなそうに散り散りになり、何事もなかったかのように仕事を続ける。

娯楽のない宮女にとって、このような小さな争い事も、ある意味楽しみのひとつなのかもしれない。だからこそ、規律違反の揉め事を起こしても誰も報告せず、止めることもしないのだろう。

だとすると、華園という場所に対する失望感は増すばかりだ。

「あの、本当にありがとうございました。ご迷惑をおかけしてしまい、申し訳ございません」

李雪が頭を下げ、春璃も助けてもらったお礼を今一度伝えると、鈴花は「よくあることだよ」と笑った。こんなことがよくあっては困るなと、春璃は苦笑いを浮かべる。

「でも、私ちょっと怖かったよ」

そう言ったのは明明だ。春璃の袖を少しだけ握っている。

「あの人が箒を振り上げても、春璃ったら全然逃げないんだもん。受け入れてるっていうか、殴られてもいいやって顔してたし」

少しだけ涙目の明明を見て、春璃はその時の己の心情を思い返した。たしかに、それで李雪が解放されるなら別に自分はどうなってもいいと思っていた。むしろ、大怪我でもして騒ぎになれば、それなりの身分の宮女と話せるかもしれないとまで瞬時に思っていた。そうすれば、朱夏のことを何か聞けるかもしれないと。

「もうあんな危ないことはやめてよね」

自分の身を案じてくれている明明に、朱夏の顔が重なった。

『春璃に何かあったら、私は耐えられない』

いつだったか、幼い頃に誤って崖から落ちそうになったことがあった。どうしてそんなことになったのかは覚えていないけれど、あの時見せた朱夏の顔だけは、今も忘れられない。いつも穏やかで優しい朱夏が、初めて感情を露わにして怒ったのだ。目に涙を溜め、けれど流さないように必死に耐えていた。

だから、眉を寄せて唇を噛み、目を潤ませている明明の気持ちが春璃には伝わった。

「ごめんね、明明。ありがとう。ちょっと腹が立って感情的になっただけで、私は大丈夫だから」

腹が立ったのは事実だが、春璃はいたって冷静だった。明明に本当のことを言えないのは心苦しいが、朱夏のことは自分だけが抱える問題だ。朱夏の身がどうなっているのか分からないような場所で、明明や李雪、よくしてくれる鈴花を巻き込みたくはない。

「そうだ、あの、李雪の顔色が悪いようなんですが、医局に連れて行くことは可能でしょうか」

気持ちを切り替えて鈴花に尋ねた。李雪の顔はさっきよりもさらに蒼ざめていて、指先も少し震えている。

「医局に行っても、よほどの事情がない限り黄女は診てもらえないから、療養所に行くといいわ」

診てもらえないのは、身分が低いからだろう。黄女の体調など、上の者からしたらどうでもいいことなのだ。

「では、私は李雪を連れて行ってから、仕事に戻りますね」

春璃が水場を離れる際、小さくなった例の黄女のうしろ姿が見えた。その隣には香琳がいる。どうやらあの黄女が指導していたのは、李雪と香琳だったようだ。

香琳も高慢なところがあるので、そんな二人の中にいた李雪は気の毒としか言いようがない。よく二十日間も耐えたなと、労うように春璃は李雪の肩に手を回す。

「李雪、大丈夫？」

「うん。あの、本当にごめんね。私、怖くて体が動かなくて、もし春璃があのまま……」

涙声を絞り出す李雪をなだめるように、春璃は肩に回した手で優しく擦った。

「謝る必要なんてない。あんなの、誰だって怖いよ。ほら、私はちょっと変わってるというか、田舎育ちだからちょっとやそっとのことじゃ動じないの。さっきも、あのくらいの大きさの箒なら当たっても命にかかわるほどじゃないな、とか冷静に分析していたし」

そう言って笑うと、李雪も僅かに口角を上げてくれた。

春璃は李雪を支えながら、鈴花が教えてくれた通り広場を抜けて華園の西側にある療養所へ向かった。この辺りは初めて足を踏み入れたけれど、黄女でも入れる区間なので問題はない。

北門に続く道はきちんと整備されているし、東には地味だが多くの宮女が住む棟があるので何かと賑やかだ。けれど北寄りの西側はそれらとは違い、あまり人の気配がなく随分と閑静だった。

「あれかしら」

水場の騒動が嘘のような静けさの中、横長の棟がひっそりと佇んでいる。質素で古びているが、掃除はきちんと行き届いているようだ。療養所なので、一応清潔にはしているのだろう。

外には衣類などが干されており、風にのって揺れている。周囲にいくつか建っている小さな小屋は、物置だろうか。

療養所の中に入ると、板の間に敷いたむしろの上に、数人の宮女が横になっている。

「病人？」

　桶を持っている黄女が、春璃に声をかけてきた。

「あっ、はい。少し具合が悪いようなのですが」

「緊急性がなさそうなら、空いているところに寝かせておいて。あ、あとあなた、ついでにこれを小屋に置いてから帰ってくれる？」

　そう言い残し、黄女は何枚も重ねてある白い布を春璃の横にドンと置き、急いで建物を出ていった。随分と忙しそうだが、療養所を任されている黄女だろうか。

　よく見ると、他にも病人の世話をしている黄女が三名ほどいて、本当に黄女の仕事は多岐にわたっているなと春璃は思う。

「じゃあ李雪、何かあったら遠慮しないですぐに言うのよ。仕事が終わったら、また様子を見に来るから」

「うん、ありがとう。迷惑をかけてしまってごめんなさい」

「何も迷惑なんかじゃないわ、李雪は悪くないんだから」

「ありがとう。私も春璃みたいに強ければよかったのに……」

「何言ってるの。さ、もういいからゆっくり休んで」

　目を閉じる李雪を見守った春璃は、頼まれた白い布を持ち、療養所の黄女たちに頭を下げてから静かにその場をあとにした。

　外に出ると、古びた建物に背中を預け、一度ふーっと息を吐きながら天を仰ぐ。

――私は、強くなんかない。

嫌みなほど青い空を見ていると、虚しさが胸の中に広がっていく。

宮女になれば、朱夏に関する手掛かりが何かしら摑めると思っていたけれど、甘かった。手掛かりどころか、黄女以上の身分の宮女と話せる機会もまったくない。忙しい日々を送る中で、ただいたずらに時が過ぎていくだけだ。

せめて朱夏の存在を知る翠蘭(スイラン)と話せればと思うのだが、身分が違えば居場所も一日の行動もまったく異なるため、会うことすらない。

もしもこの間、朱夏の身に何か起きていたら……そう考えただけで、震えが止まらなくなる。

弱音を吐かず、不安な気持ちを必死に我慢し、朱夏の無事を祈り続けてきた春璃の心は、今にも押し潰されてしまいそうだった。

――どうにかしなければ。小姐(ねえさん)を救えるのは、私しかいないのだから。

高ぶりそうになった感情を抑え、春璃は預けていた背中を離した。

緑が多いからか、それとも華園の中心部とは離れた場所にあるからか、療養所周辺はなんだか空気が澄んでいるように思う。日当たりはあまりよくないようだけれど風通しはいいし、ここなら女たちのくだらない争い事を目にしなくてすむので、李雪もすぐに元気になるだろう。

足を進めた春璃は、近くの小屋を覗いた。

「ここでいいのかしら」

中には同じような布が棚にたくさん置かれていて、布団や大きさの違う桶が重ねてあったり、見慣れた籠もいくつか置かれている。

「やっぱり物置きか」

頼まれていた白い布の束を空いている棚に置いた刹那、

「おい……」

どこからか、突如声が聞こえてきた。

春璃は飛び上がりそうになったが、きっと幻聴だ。そう思った矢先、怪しげな薄ら笑いが微かに耳に入った。

狭い小屋のどこから聞こえてくるのか分からず、春璃は身震いしながら周囲を警戒する。

「春璃だな。ここで何をしている」

再度聞こえた声に、今度は飛び上がるどころか息が詰まり、背筋が震えた。

──まさかそんな、あり得ない。

姿が見えないことも、名を呼ばれたことも怖いけれど、それ以上に春璃の恐怖心を助長しているもの。それは……。

「なぜ、ここは華園なのに、どうして……男が……」

聞こえてきた低い声は、明らかに男のそれだった。

後宮の制度が変わったことにより、警備のための守衛などが華園にいることはある。だが、この声の主はそれらの兵ではないと春璃は判断した。

もし守衛であるなら、こそこそと身をひそめている必要などないからだ。それに何かしらの理由で外廷の官吏などがここにいるとしても、緊急性がある場合を除き、宮女と許可なくかかわってはならないという規律がある。

つまりこの声の主は、侵入者。

「動かないで！　少しでも変なまねをしたら叫びます」

手のひらに冷や汗を滲ませながら、春璃は警告した。声が少し震えているけれど、このまま見過ごすわけにはいかない。宮女ゆえの責任感というよりも、明明たちや、どこかにいるかもしれない朱夏の身に何かあったら後悔してもしきれないからだ。

「どこにいるのですか、大人しく出てきなさい」

まずは相手の居場所を把握しなければ。体を強張らせる春璃だったが、聞こえてくるのはまたも怪しい含み笑いのみ。

「何がおかしいのです！」

「そう怒るなよ。元気そうで安心したのだから」

「……!?」

男が何を言っているのか理解できないけれど、恐れの中にあるほんの僅かな違和感が脳裏をかすめると、春璃の体から少しだけ力が抜けた。

「あなたは……」

「まぁ、焦るな。そのうちまた――」

するすると、小窓にふっと影がよぎるのを見た春璃は慌てて外に出た。だが、小屋の裏手に回るも、そこに人の姿はない。

小屋の中のどこかに身をひそめているのだと思い込んでいたが、違った。相手はおそらくずっと外にいたのだ。そして、窓から中を覗いて春璃の姿を見たのだろう。顔だけで名が分かるということは、まさか……。

視線を地面に落とすと、伸びきった雑草が騒ぎ立てるように揺れている。まるで、ここに誰かがいたことを知らせるかのように。

春璃は改めて男の声を思い返してみるが、やはりそうだとしか思えない。だが、なぜあの人がここにいたのだろう。許可なく侵入した上に、もし見つかれば大変なことになるというのに、そんな危険を冒してまで、なぜ。


療養所の敷地を出た春璃は、考えを巡らせながら歩いていた。すると宮女が三人、正面から歩いて来るのが見えた。緑の衣を着用しているので、緑女だ。

しかもその中の一人、向かって一番左にいるのが翠蘭だと気づいた春璃の心が、喜びと緊張で震えだす。

――ようやく、会えた。

足を止めた春璃は、これを逃してはならないと、己の懐にスッと手を入れてあるものを取り出し、右手でしっかりと握る。

徐々に近づいて来る緑女の姿に身構えた春璃は、不自然にならないよう、少し手前で一度軽く頭を下げる。身分が上の宮女を前にした時、頭を下げるのが宮女たちにとって暗黙の決まりだからだ。

そして顔を起こした春璃はゆっくりと足を進め、翠蘭とすれ違う瞬間、右手に握っているものを翠蘭の手に滑り込ませるように渡した。

何事もなかったかのように、二人は背を向けたまま反対の方向へ歩みを進める。

それは、翠蘭からあの文を渡された時と同じ要領だが、他の二人の緑女に気づかれなかっただろうか。

しばらくして足を止めた春璃は、不安を抱きながら静かに振り返るが、すでに翠蘭の姿は見えない。きっと、上手く渡せたはずだ。

冷たい風を受けながらも、緊張と安堵感で全身にどっと汗が滲んだ。

宮女となった初日に読んだ、翠蘭からの文。春璃はもちろん、そこに綴られていた言葉を信じた。翠蘭が嘘をつく必要も、それを信じない理由もないからだ。

そして春璃は誰にも見られないよう、すぐに紙の裏側を使って返事を書いた。

翠蘭と同じく、自分も姐が死んだとの知らせを受けたこと。だがいくら望んでも遺体の確認をさせてくれないこと。それゆえ、自分は朱夏が生きていると信じていること。そして、朱夏を捜すために宮女になったこと。

翠蘭が大切な姐の死を打ち明けてくれたように、春璃も自分の身に起こったことをすべて告げ、その上で協力できることがあれば情報を交換しないかと書いた。

だが問題は、その文を渡す手段だった。

春璃は黄女で、翠蘭は緑女。仕事内容はもちろんのこと、住む場所も違う。ひとつの大きな町と言っても過言ではないほど広大な敷地の中で、偶然会える確率などないに等しい。

緑女の棟がある区間に入れても翠蘭に会えるとは限らないため、直接部屋を訪ねるのが一番早いのだが、それはできない。なぜなら、緑女の執務室では文書を扱うことが多いため、建物内への出入りは特に厳しく制限されているからだ。

そのことを鈴花から聞いていた春璃は、何かそれらしい理由をつけて翠蘭に会いに行けるよう鈴花に頼めないかとも考えたが、やはり巻き込むようなことはしたくないと思い留まった。

だから、偶然会えることをただただ願うしかなかったのだ。

そして二十日が過ぎ、これ以上は待てないと思いはじめた頃にようやくその機会が訪れた。だから、逃すわけにはいかなかった。

言葉を交わさなくとも容易に文を受け取ってもらえたのは、恐らく翠蘭も春璃からの返事を待ってくれていたからだろう。

だが、朱夏に会って話を聞きたいと願っていた翠蘭にとって、春璃が書いた文の内容はつらいものになってしまうかもしれない。

しかし朱夏が生きていると信じている春璃は、最後にこう綴った。

〝朱夏小姐(ねえさん)は必ず生きています。私はそう信じている。だから翠蘭の姐、麗沙(レイシャ)の身に起こった真実も、必ず明らかにしましょう。〟

「あ〜もう！　ここどこよ！」

春璃が療養所から戻った頃、明明は……——迷子になっていた。

医局に荷を届けるよう頼まれた明明に、少し遠いからと鈴花が地図を渡してくれたのだが、明明は地図を読むのが苦手だった。というよりも、苦手だということに今初めて気づいたのだ。

旅をするわけでもなく、帝都の片隅で家族とほのぼの暮らしていた明明の人生に、地図は必要なかったからだ。

「えっと、黄女の棟があるのは北寄りの東側で、そこから南に歩いてきたわけでしょ。だからこの道を行けば……って、あれ？　もしかしてこっちは西？」

地図をくるくると回しながら呟く明明の両側には、塀が続いている。ここは桃女、つまり下級妃が住む棟を囲む塀か、それとも別の目的のための建物だろうか。どちらにせよ、同じような塀ばかりが続いているこの道は、明明にとって迷宮そのものだった。

「仕事をはじめて一刻は経っていて、太陽が向こうにあるから、つまり西は……」

人差し指を真正面に向けた瞬間、そこに偶然現れた人物を目にした明明は、「えっ？」と思わず声を上げた。そして、指をさされたほうも同じく、「はぁっ？」と素っ頓狂な声を上げる。

眉間に同じような皺を寄せながら、恐る恐る歩み寄る二人。そして互いの姿を目の前で確認すると、

「なんで？」

同時に声を張り上げた直後、またもや二人同時に両手で自分の口を慌てて塞ぐ。

「待って、なんで龍威（リユウイ）がここにいるのよ」

動揺しながら小声で明明が言うと、龍威はきょろきょろと辺りを見回し、誰もいないことを確認してから口を開く。

「お前こそ、何をしてるんだ」

「何って、医局に行こうと思ったら迷子になっただけよ」

本当のことを堂々と告げると、思いきりため息をつかれた。

「いや、そういう意味じゃなく……まぁ、それはあとでいい。とにかくついてこい。なるべく自然にだぞ」

困惑した表情でそう言い、龍威は背を向けてすたすたと歩き出した。明明はあとを追う

ように、けれど一定の距離を保ってついて行く。それはもちろん、華園内で宮女が男とかかわってはいけないからだ。

そうして歩いているうちに、道の両脇に続いていた塀が途切れた。龍威の背中だけを見ていた明明はすでに方向感覚を失っていたが、目の前の視界が開けると、少し先に古びた棟が建っているのが見えた。

なんだか閑散としていて、人の気配をあまり感じない。

「医局はこの中で、手前の部屋に医官がいるはずだ」

振り返り、周囲に人がいないか警戒しながらそう告げた龍威は、なぜかしかめっ面だ。

「へぇ～。あれ、もしかしてここが療養所？」

先に春璃が李雪を連れて療養所へ向かったので、もしかしたら会えるかもしれないと思ったのだが、龍威は「違う」と首を横に振った。

「以前は療養所も兼ねていたらしいが、日当たりが悪いとかで療養所は別の場所に移動させたらしい」

だが、移動した場所はもっと日当たりの悪い場所なので、それはただの口実。病人が集まる場所を、できるだけ皇太子から遠ざけるためだろうと龍威は言った。

「なるほどね。まぁ、華園においてまず守るべきは皇太子さまだし、そうなるか」

そのため、医官が常駐している医局と、薬などを置いている保管庫以外は、今は使われていないらしい。

棟の周囲には葉を失った木々が寒そうに佇み、地面には茶色の葉が散乱していた。掃除する宮女はいないのだろうか。などと思いながら中に入り、明明は医官に荷を手渡した。

後宮の改革を行って以降宦官の数はぐっと減ったが、宮廷に残るその数少ない宦官の一人がこの初老の医官だということは、鈴花から聞いて知っていた。

明明は宦官を見るのが初めてなので、ついまじまじと上から下まで凝視してしまったが、訝しむような医官の視線に気づいてすかさず頭を下げる。

「で、では、私はこれで失礼いたします」

慌てて医局を出たところで、中には入らず壁に寄りかかって待っていた龍威が、明明の腕を摑んだ。人差し指を自分の口元に当てて見せた龍威は、そのまま棟の奥へと進んでいく。黙ってついてこいと言いたいのだと分かった明明は、大人しく従う。

廊下を進んだ棟の奥には大部屋がふたつあり、恐らく以前はここが療養所だったのだろうが、本当に日当たりが悪い。昼間だというのに日差しは入らず、今は使われていないので灯籠や行燈などの照明類は当然なく、仄暗い。ついでに窓も小さく風通しも悪い。

これでは治るものも治らなそうだと明明が思っていると、龍威が大部屋の隣にある扉を開けて中に入った。

狭い空間には壊れた椅子が一脚置かれているだけで窓もなく、天井の隅には蜘蛛の巣が張っていて、かび臭い。一応以前は病人が運ばれてくる場所だっただろうが、その名残はまったくない。

「で、どういうこと？」

ここが人の目の届かない場所だと確信した明明は、両腕を組んでそう問いかけた。

「それはこっちの台詞だろ。なんで明明が黄女みたいな恰好してここにいるんだよ」

「みたいって、そんなの黄女だからに決まってるじゃない」

「まさか、明明が？　そんなの何かの間違いだろ」

龍威の言葉に、明明はムッと頬を膨らませた。

「間違いだったら今ここにいるわけないじゃん。宮女となる資格を得るための第一歩として、私宛てに書簡が届いたの。そして無事、正式な宮女になったってわけよ。というか、私より問題なのは龍威のほうでしょ。あなたこそ、どうして華園にいるのよ」

「それは……」

口ごもる龍威に、明明は軽く疑いの眼差しを向ける。

龍威は明明の二歳上で、近所に住む、いわゆる幼馴染なのだが、家柄は龍威のほうがずっと格上だ。父親は朝廷の秘書省にて秘書小監として働いており、長男が跡を継ぐことになっているらしい。

三兄弟の末っ子である龍威は四年ほど前に家を出たのだが、明明は仕事だということしか聞いていないので、どこで何をしていたのか詳しくは知らない。

はっきり言えることは、子供の頃からしょっちゅう喧嘩をしていた幼馴染とこうして顔を合わせるのは、四年振りということだけだ。

「久しぶりの再会が、まさか華園の中とはね」

四年前は同じくらいの目線だった気がするけれど、見上げなければ目が合わないことに、明明は違和感を覚える。少し悔しくて、明明は龍威を睨んだ。

背は随分と伸びて体つきもたくましくなった気がするけれど、短く切られた黒髪とどこか頼りなさそうな目元は、やはり変わっていない。

「で、私はここにいる理由を答えたんだから、そっちもちゃんと答えなさい。女ばかりの華園に、なぜ龍威がいるの」

龍威は下唇を噛み、下げた視線を左右に揺らした。小さい頃から見てきたので、困るとこのような表情になることを明明は知っている。

「べつに言いたくないなら無理には聞かないけど、まさか許可なく高い壁を登って侵入したわけじゃないわよね？」

「そんなわけないだろ。ちゃんと門から堂々と入ってきたし、悪いことは何もしていない」

「ふ～ん。でも理由は言えないんだ」

困らせると分かっていながらも、唇を尖らせて不満を露わにする明明。昔からそうだった。明明は龍威に構って欲しくてわざと困らせて、結局喧嘩になる。正直に『心配だ』と言えばいいのに、龍威に対してだけはどうしても素直になれない。なぜなのかは、自分でも分からなかった。

「俺は帝都を出て北の都に行っていたんだが、そこである人と出会い、四年前から側近をしている。今言えるのは、それだけだ」

「あっそう。べつに教えてくれなくたっていいわよ。ただ、華園に入れる男は決まっているし、変なことをすればあっという間に首が飛ぶんだからね！」

素直に気をつけろと言えばいいのに、明明は「ふん」とそっぽを向きながら言った。まるで拗ねている子供のようだと自分でも思うが、無意識にそういう態度を取ってしまうのだから仕方がない。

だが、龍威の口元にはなぜか笑みが浮かんでいた。

「何がおかしいのよ」

「いや、べつに。明明は変わらないなと思って」

「何よ、私だって大人になったんだからね。こうして宮女にもなれたわけだし」

黄女の証である黄色い裙を摘まんで、見せつけるようにひらひらと揺らすと、途端に龍威の表情が曇った。

「明明。お前はすぐに家に帰れ」

真っ直ぐに向けられた優しい目に、暗い陰が宿る。子供の頃、明明が高熱を出した時も、龍威はたしかこんな顔をしていた。その時と同じように心配してくれているのだろうか。

「どうせ似合わないって言いたいんでしょ？」

　だから明明は、わざとおどけた調子で返す。けれど龍威は『そうだよ』と言って笑ってはくれなかった。黒雲みたいな暗い陰を眉間に落としたまま、じっと明明を見つめている。

「黄女ならいくらでも代わりはいるだろ」

「……は？」

　そんなことを言われるとは思っていなかったため、今度は返す言葉が見つからず、明明は呆気にとられた。

「黄女のやることはどうせ雑用なんだから、明明が華園に入る必要なんて――」

「どうせって何よ！」

　龍威の言葉を遮った声が、狭い室内に響いた。

〝煌華宮内の任務に従事する男と許可なくかかわってはならない〟という規律があるため、親しくしているつもりはないが、こんなところを誰かに見られたら二人とも処分を受けることになるだろう。明明はそう思ったが、止められなかった。

「どうせって、黄女だって立派な宮女よ。というか、黄女がいなければ華園は成り立たないでしょ。黄女が隅々まで掃除をしているから、この華園は煌びやかな世界でいられるのに！」

　仕事が好きなわけでも、宮女になりたかったわけでもないが、日々懸命に自分の仕事をしている黄女たちの姿を見ている明明にとっては、聞き捨てならない言葉だった。

「わ、悪かったよ。そういうつもりで言ったわけじゃないんだ。ただ……ほら、他の宮女と上手くやれてんのか心配で」

「ご心配なく。こんな私でも親しくしてくれる子はいるんだから。すごく優しくていい子なのよ。でも寂しそうな顔をする時がたまにあるから、少し気になるんだけどね」

何か抱えているのかもしれないと明明は感じているが、まだそのことを春璃には聞けずにいた。

「そうか。だが、頼むから変なことにだけは首を突っ込まないでくれよ」

「変なことって何よ」

「それは……分からないけど、とにかく、余計なことはしないで大人しく黄女でいろよってことだ」

龍威が何を言いたいのかいまいち理解できないが、恐らく心配してくれているのだろう。相変わらず不器用で口下手だし、そう言われると逆に困らせたくなるけれど、明明は珍しく素直に黙って頷いた。先ほど見せた陰りのある龍威の表情が、なんとなく引っかかっていたからだ。

「じゃあ、明明は先に戻れ。ここを出てさっきの塀に沿って東に行けば黄女の棟が見えてくるから」

なんでそんなに詳しいのだと問いたかったが、これ以上長居はしていられない。

「龍威はどうするの？　誰かに見つかったりしたら」

「華園に入る許可は取ってあると言っただろ。俺のことは心配するな」

「べ、べつに心配なんてしてないし、そっちこそ変なことに首突っ込まないでよね」

明明は龍威に背を向けてそう言い、かび臭い部屋をあとにした。

龍威の父親は外廷で働いているし、その息子が仕事で華園にいるのだとしたら問題はないはず。それなのに、胸騒ぎがするのはなぜだろう。

——また、会えるかな……。

七話　緑女と招かれざる者

緑女となれたことは、翠蘭（スイラン）にとって想定外の幸運であった。

最下級の黄女では自由に動くことはできず、位の高い宮女と言葉を交わすことさえ滅多にないだろう。

規律を破ればすぐに辞めさせられるし、場合によっては本当の意味で首も飛ぶ。宮女の中でも一番体を動かし懸命に働いているというのに、最も弱い立場だからだ。

けれど翠蘭は、黄女ではなく緑女になった。たったひとつ位が違うだけだが、黄女と緑女では大きな差がある。

緑女の棟の長い廊下には左右にいくつも部屋があり、そこで緑女たちはそれぞれ生活し、仕事もこなしている。宮女の中でも下から二番目の階級とはいえ、千人以上いる宮女の中で緑女になれるのは百名ほどしかいない。そのため、緑女になれば寝泊まりする部屋と仕事場、二間ある個室がそれぞれに与えられる。

寝泊まりする部屋には寝台と古びた箪笥、仕事場には机と椅子があるだけだ。狭いけれど、一人でいられるほうが何かと都合がいい翠蘭にとっては、ありがたいことだった。

緑女は華園内での文書や書状などの作成、記録や管理を行うのだが、中でも特に優秀な緑女は試験を受け、合格すれば外廷で働くことも可能である。しかし翠蘭にはそのような出世欲は皆無。もちろん、緑女以上の位に就くことも、ましてや皇太子の目に留まることなど微塵も望んでいない。

翠蘭の目的はただひとつ、姐である麗沙（レイシャ）の死の真相を突き止めることのみだ。けれど、日々の仕事に追われて何もできず、翠蘭は焦っていた。そんな時に偶然春璃（シュンリー）と会え、文の返事をもらえたのは大きな進展だった。

きっと春璃は、いつ会ってもいいように文をずっと持ってくれていたのだろう。つまり、麗沙の身に起きたことを、翠蘭の言葉を信じてくれたということになる。

――朱夏（シュカ）に、会えるかもしれない。

狭い仕事場の机に向かいながら、翠蘭はおもむろに文を開いた。

だがそこに書かれていた文面を読んだ直後、先ほどまでの安堵感が一瞬にして消え去り、言葉を失う。

「まさか、そんな……」

春璃までもが、姐の朱夏が亡くなったとの連絡を受けていたことに、翠蘭は驚愕した。

けれど、異なる点もある。それは、春璃は朱夏の遺体と対面していないということ。文によると、春璃は朱夏の亡骸を返してほしいと何度も訴えたが叶わなかったらしい。

麗沙の場合は連絡を受けたあとすぐに家族のもとへ帰ってきたのに、なぜ。考えられる可能性は、文の最後に書かれている春璃の言葉通りだろう。

〝朱夏小姐（ねえさん）は必ず生きています。〟

本当に亡くなっているのなら亡骸を返すのが普通だが、できないのは生きているからだ。それは憶測というより、そうであってほしいという翠蘭の願いに近い。

春璃からの文にもう一度目を通した翠蘭は、それを燭台の火に近づけた。小さく折りたたんだ紙切れが、一瞬にして灰となる。

たとえ小さな紙切れ一枚だったとしても、あらぬ疑いをかけられる可能性があるものは処分したほうが賢明だ。

気持ちを切り替えた翠蘭は、次の行動に移るべく立ち上がった。

古参の緑女に仕事を押し付けられた結果、翠蘭の机の上には書類が積み重なっている。というのも、緑女になってからも翠蘭は変わらず淡々としているため、態度が気に食わないと他の緑女から嫌がらせを受けているのだ。

翠蘭が安易に人を寄せつけなくなり、孤高を保つようになったのは、麗沙が死んでからだ。大切な姐が不審な死を遂げた場所で、心を開くつもりはない。本当に信じられるのは自分だけだという心持ちで働いているからか、他の宮女には小生意気だと思われてしまうようだ。

けれど、余計な仕事を頼まれたり押し付けられたり、ちょっとした嫌みを言われることなど翠蘭にとっては痛くもかゆくもない。むしろ、仕事を増やされたおかげで絶好の機会を得たのだから、他の緑女に感謝してもいいくらいの気持ちだ。

今日は、それぞれの身分の代表による会合が行われる。翠蘭は、取りまとめた文書を用意するなどの雑用を押しつけられていたが、それが好都合だった。なぜなら、それを会合の場に持って行けば、黒女の玉瑛と接触できるからだ。

この二十日間、言葉を交わすどころか姿を見ることさえなかった玉瑛。この華園を取り仕切る黒女なら、絶対に麗沙の死の真相を知っているはずだ。朱夏についても、無論把握しているはず――。

日が傾きはじめた頃、翠蘭は書類を抱え、急く気持ちを抑えながら会合が行われる隣の棟へ向かった。

麒麟の彫刻が施された階段の欄干に片手を置き、一度息を整えたあと中に入る。回廊を進んだ先の一室の前で立ち止まった翠蘭は、目の前にある扉を見つめた。

「失礼いたします」

緊張などしないと思っていたが、扉を開ける手が僅かに震えた。

中には向かい合うように長椅子が左右にひとつずつと、正面に一人掛けの椅子がひとつ置いてある。左の長椅子には青女、右には緑女と黄女が一名ずつ座っていた。

翠蘭は書類をそれぞれの宮女に手渡したが、正面の椅子にはまだ誰もいない。恐らくここに、玉瑛が座るのだろう。

「玉瑛さまは、まだ来られていないのでしょうか」

この中で一番位の高い青女にそっと声をかけた。

「間もなく来られると思うけれど、あなたはもういいから行きなさい。それは私が預かるわ」

青女はそう言い放ち、玉瑛の分の書類を受け取った。

またとない機会だというのに、今来てくれなければ会うことができない。かといって、ここで待たせてもらうことなど不可能だろう。現に、緑女が早く行けと言わんばかりの疎ましい視線を翠蘭に向けている。

本当は玉瑛が来るまで留まっていたかったが、あまり不審な動きをするのも危険だ。頭を下げた翠蘭は、仕方なく部屋をあとにした。

次の会合はひと月後。今回はたまたま仕事を押し付けられたからよかったものの、その時に、また同じように会合が行われる部屋に入れるとは限らない。

それに、これまでもじゅうぶん待った翠蘭には、さらにひと月も待つ心の余裕はなかった。

ならば、次はどうすべきか……。

視線を落としながらゆっくり歩いていると、長い回廊の先に宮女が見えた。コツコツと足音を鳴らしながら近づいて来る宮女は、間違いなく黒い衣装を身に纏っている。うしろには見慣れた紫女の葉仙（ヨウセン）もいる。

二度目の機会があまりにも早くやってきたため、緊張と焦りで翠蘭の心臓が珍しく激しく鼓動する。

——今しかないのだから、落ち着け。

玉瑛が近づいてくると、翠蘭は回廊の真ん中に立って頭を下げた。素通りされたら元も子もないが、こうすれば立ち止まるしかないだろう。

「邪魔ですよ、どきなさい」

葉仙の声が、下げた頭の上に響く。だが翠蘭はそのままの姿勢で口を開いた。

「恐れながら、玉瑛さまにどうしてもお伺いしたいことがございます。私に少しだけお時間をいただけないでしょうか」

こうして玉瑛に直接話しかけるのは二度目だが、あの時のように葉仙の顔は引きつっているに違いない。

「あなた、またこのような無礼なことを！」

顔を上げなくとも今の葉仙の表情は目に浮かぶが、それでも引き下がるわけにはいかない。麗沙の死の真相を、目の前にいる玉瑛は知っているはずなのだから。

「無礼を承知でどうか、お願いいたします」

息を吸うのも躊躇われるほどの重い空気が、背中に圧し掛かっている気がした。玉瑛という宮女の存在感がそう思わせていることは間違いない。

冷たい回廊の床をじっと見つめたまま返答を待っていると、

「構わないわ」

抑揚のない冷えた玉瑛の声が翠蘭の耳に届いた。

「少しなら時間が取れるので、あとで私の執務室まで来なさい」

握っている両手が震えそうになり、翠蘭は力を込めた。

「ありがとうございます」

頭を下げたまま一歩横にずれてそう告げると、目の前を通り過ぎる玉瑛の黒い裙が、翠蘭の視界に映る。

絶対にこの機を逃さない。決意を固めてもう一度両手を強く握り締めたあと、ゆっくりと顔を上げた。

回廊にはもう玉瑛の姿はなかったが、代わりに氷のような風が翠蘭の頬をかすめる。


その後、外壁に半分夕日が沈んだ頃、『これより四半刻後に、黒女の執務室に来るようにとのことです』と、一人の青女が玉瑛からの言葉を伝えに翠蘭のもとへやって来た。

翠蘭は華園の中央、大きな講堂付近にある黒女の棟の前にいた。そのずっと奥には、大きな重層の寄棟屋根が少しだけ見える。皇太子の住む宮殿だ。

今は無縁の場所だが、今後の進展や玉瑛の返答次第では近づくこともあるだろう。そう思いながら視線を戻した翠蘭は、短い石段を上り、回廊を進んだ。

ここには黒女の執務室だけでなく、黒女の命によっていつでも動けるように紫女の詰所もあるらしい。当然勝手に足を踏み入れることなどできないが、黒女の許可があれば可能だ。今回は運よく玉瑛が許可してくれたけれど、次はないかもしれない。そう思うと、常に冷静な翠蘭の心も張り詰めてくる。

格子窓が並ぶ回廊を歩いていると扉がいくつかあるが、一番奥の扉の直前までくると、翠蘭は一度立ち止まった。

弱みや感情を見せないよう冷静に、昂る気持ちを抑えてから扉に手をかけようとした時、中から微かに声が漏れ聞こえてきた。

まわりに人がいないことを確認した翠蘭は、周囲を警戒しつつ聞き耳を立てる。

「――……ですが、玉瑛さま。なぜ今なのですか」

「これ以上、待ってはいられないからよ」

玉瑛と、もう一人の女の声がした。

「し、しかし、あまりにも急ではないでしょうか。それに、宮女の気持ちも――」

「あなた、誰に向かって言っているのです。言葉を慎みなさい」

「申し訳、ございません……」

「とにかく、使えない桃女は全員下賜するなりして一掃し、それから、まずは〝別の方〟で一度試すと私が言っているのだから、あなたは言われた通りにしなさい」

「……承知しました」

会話が途切れたところで微かな足音が聞こえた。息をひそめていた翠蘭はすぐさま扉から離れ、まるで今到着したかのような素振りをして部屋に近づくと、扉が開いた。

中から出てきたのは、先ほど翠蘭に伝言をしに来た青女だった。髪の毛でその位に就いたのかと思うほど、衣装だけでなく髪の色まで青みがかっている。

青女は翠蘭を見て一瞬目を見開いたが、翠蘭が一礼すると、青女も同様に頭を下げてその場を立ち去る。

去って行く青女のうしろ姿を確認した翠蘭は、改めて扉に手をかけた。

「失礼いたします」

中に入ると、玉瑛は正面にある机に向かっていた。うしろの格子窓には珍しい硝子（ガラス）が使われており、右の壁際には鍵のついた収納棚、左には鮮やかな花々が刺繍された赤い長椅子と、卓子が置かれている。

「玉瑛さま、お時間をいただきありがとうございます」

筆を動かしていた玉瑛は、翠蘭を一瞥してから再び手元の書類に視線を落とす。

「忙しいので手短になさい」

翠蘭が机の前に立つと、玉瑛は筆を置いて顔を上げた。ただ目が合っただけなのに、玉瑛の冷たい視線にはどこかぞっとするような迫力がある。が、気圧されないよう心を落ち着かせて口を開く。

「では、申し上げます。皇太子さまがご誕生されたことで、煌華宮が新たに建てられましたが、玉瑛さまはなぜ宮女の制度までも変えられたのでしょうか」

平然と問いかけたつもりが、意図せず喉がゴクリと鳴った。それが聞こえたのかどうかは分からないが、玉瑛は表情を崩さず微笑を浮かべた。

「私が制度を変えたわけではないのに、変なことをおっしゃるのね」

後宮の改革を行ったのは玉瑛だとあえて決めつけて問いかけたのだが、そんなことでぼろを出すような人ではないか。

「失礼いたしました。ですが、私はずっと疑問に思っておりました。皇帝陛下のためではなく、皇太子さまご誕生後すぐにこのように広大な煌華宮を建て、宮女の制度まで変えたのはなぜなのでしょうか」

妃を迎える年齢ならともかく、赤ん坊のために煌華宮を建てて宮女を一新したことには違和感しかない。何か、特別な理由でもあるのだろうか。

「なぜって、よりよい後継者を残すためですよ」

「それなら、これまでの後宮でも同じなのではないですか？」

「ええ、その点においては変わりないけれど、これまでは質の悪い宮女がそこらじゅうにいたのよ。いずれこの国の頂点に立つ御方の側に、そのような者を近づけるわけにはいかないでしょ」

やはり、あくまで皇太子のためということか。だがそうなると、帝の存在にますます疑問を持ってしまう。しかも帝の後宮はどこにあるのか、ほとんどの宮女はよく分からず、妃嬪もいるのかいないのか不明の状態だ。これでは帝を蔑ろにしていると噂が立つのも当然だろう。

「では、皇帝陛下のためではなく、なぜ皇太子さまなのでしょう」

「それを、あなたに話す必要がどこにあるのです」

間髪を容れずに玉瑛が答えた。

一介の宮女に過ぎない翠蘭の疑問など、ただの独り言と同じ。答える義務などない。短い言葉の中にそんな拒絶が感じられた。

答えたくない質問だったとも取れるが、翠蘭はこの件については素直に口を閉じた。本題へいく前に玉瑛の機嫌を損ね、追い出されてしまっては元も子もないからだ。

「もうひとつだけ、お聞かせください」

華園や皇太子、帝についてはただの前置きで、真に聞きたいことはただひとつ。

「私の姐、麗沙は、なぜ自害とされてしまったのでしょう」

僅かな風にも揺らがぬよう、感情を抑えながら冷静に問いかけた。

互いの冷えた視線が合わさると、玉瑛は能面のような表情のまま唇を開く。

「まるで、自害ではないと言っているように聞こえるけれど」

「そう申し上げております。私と違い、麗沙は朗らかで優しい人でしたから、私や家族が悲しむことをするはずがありません」

冷たくなった麗沙の姿が脳裏に浮かんでも、翠蘭は取り乱すことなく告げた。感情が乱れてしまっては、見えるものも見えなくなってしまうからだ。

「あなたがそう思いたい気持ちは分かるけれど、麗沙は自ら命を絶った。事実はそれ以上でも以下でもないわ」

瞬きをしていたら気づかないほどだが、玉瑛の口角が微かに上がったのを翠蘭は見逃さなかった。

なぜ笑ったのか。こみ上げてくる行き場のない怒りを握り潰すように、翠蘭は両手で着用している緑色の裙をギュッと握る。

真実を見極めるためにも常に冷静に、悲しみや怒りに流されては駄目だと言い聞かせながら。

「では、自害した時の状況を詳しく教えていただけないのはなぜなのですか」

「華園内で起こったことは、外部に漏らしてはならない。華園における規律をあなたも散々学んだはずですよ」

まるで挑発するかのように微笑を漏らす玉瑛。翠蘭は表情を崩さない代わりに、両手に力を込めた。

「ですが、私はもう外部の人間ではありません。今は宮女として――」

「黙りなさい。誰に向かって口をきいているのです」

凄みのある落ち着いた玉瑛の声が、翠蘭の言葉を遮断した。

「あなたは私が黒女だということをお忘れのようね。本来なら、こうして時間を割いて話を聞くことなどないのですよ」

「……申し訳ございません」

これ以上話を続けても、恐らく何も得られないだろう。玉瑛を敵に回したらそれこそ厄介だ。華園から追い出される可能性もあるため、ここは焦らず一度引こう。

そう考えた翠蘭は、自分の戦略が甘かったと、唇を噛みながら磨き上げられた床に小さなため息を落とす。

「思い込みの激しいところは、そっくりね」

だが執務室を出る際、吐息のように放った玉瑛の小さな声を、翠蘭は聞き逃さなかった。

緑の衣を着た宮女が、黒女の執務室がある棟を出て行った。

どこか見覚えのあるその顔が、己の記憶の中にいる顔と合致した瞬間、男は苦笑を浮かべる。

「相変わらず性悪だな。まぁいい……」

男は黒女の執務室の扉に手を当て、躊躇いなく開けた。

吹きつける風と共に突然現れた男に、中にいる紫女と官吏は目を大きく見開く。動じることなど滅多にない玉瑛までもが、男の姿を見て一驚を喫した。

けれどそれも束の間、立ち上がった玉瑛は、すぐにまた元の能面のような表情へと戻る。

「お戻りになっていたのですね。知らせていただければ、お迎えに上がらせたものを」

男と面識のない紫女と官吏は、思わず顔を見合わせた。玉瑛の口振りから侵入者ではないということは分かったようだが、二人の目にはまだ戸惑いの色が浮かんでいる。

「そんなもの、信用できるわけがないだろ。まぁ、お前自身が一人で北のはずれまで迎えに来るというのなら、知らせたかもしれないが」

長椅子の中央に腰を下ろした男は、嘲(あざけ)るように鼻で笑った。

黒女に対して無礼な態度を取る眉目秀麗な男を、官吏は訝しげに見つめ、紫女は若干頬を赤らめている。

「あなたたちはもういいから、行きなさい」

玉瑛の鋭い視線に慌てた二人は、礼をして部屋を出た。

「あの紫女、恐らく他の宮女に俺のことを話すだろうな。放っておいていいのか」

「構いません。今口止めをしたところで、あなたさまが表に姿を現すのであれば、結局皆が知ることになりますから」

玉瑛は棚から硝子の器を取り出して葡萄酒を注ぎ、男の前に差し出す。

「葡萄酒か。毒が盛られていても、これでは分からないな」

男は器を掲げ、鮮やかに揺れる紫色を見つめた。

「何をおっしゃいますか。優秀な高官であられる高紫(コウシ)さまに、そのようなことをするはずがありません」

尖った視線を向け合いながらも微笑む二人の不調和が、部屋の空気を重くする。

「高官か……」

冷笑を唇の端に浮かべた高紫は、葡萄酒に口をつけることなく目の前の机に置いた。

「お前の策略によって北都に行ってから四年になるが、ここはあまり変わっていないようだな。無論、悪い意味でだが」

「策略とは、人聞きが悪いですね。あれは、未開拓の地が多い北都に赴き発展に貢献するようにという、陛下直々の正式な辞令ですよ」

背もたれに寄りかかった高紫は足を組み、正面に座っている玉瑛に乾いた視線を送る。

「そうだったな。ずっと存在を隠されてきた挙句、計ったように都合よく辞令が出て、なぜか宮廷を離れることになったのを思い出した」

「おっしゃっている意味がよく分かりませんが、陛下は高紫さまの能力を正当に評価しておられますよ」

「あのような愚帝に評価される筋合いはない。だが、引きこもっている奴に比べたら、俺のほうが優れているのは明白だろうな」

「高紫さま、この国で最も尊い方に対して、少々お口が過ぎるのではないですか」

目を細める玉瑛と、涼しい顔でせせら笑う高紫。ただならぬ事情が見え隠れする二人の間には、常に重苦しい空気が流れている。

「そんなことよりも、ただの高官としての俺の役目は今日で終わりだ」

背筋を伸ばしている玉瑛の眉が、ぴくりと動いた。一瞬の沈黙のあと、高紫が続けて口を開く。

「俺は、皇子としてここ華園に戻ってきた。その旨を伝えるため、これから皇帝のもとへ向かう」

「そうする理由が何かおありなのですか」

「偽りを捨てて皇子に戻ることに、理由が必要だと言うのか？」

「いえ、申し訳ございません。ですが……陛下の嫡子は皇太子さまお一人だということを、お忘れなきよう」

玉瑛の表情は変わらないが、声に僅かな揺らぎを感じた高紫は、微笑を浮かべた。

「俺が東宮の座を狙っているとでも言いたいのか」

「そういうわけではございませんが、念のためお伝えしたまでです」

「皇帝や権力など、くだらない」

舌を鳴らした高紫は、玉瑛から目を逸らした。何を考えているのか分からない氷のような玉瑛を見ていると、抑えていた感情が沸々と湧き上がってくるのを感じたからだ。

「そういえば、俺が来る前にここを出て行った緑女にどこか見覚えがあったのだが、あれはお前の差し金か？」

気持ちを落ち着かせるために話題を逸らしたが、緑女を見たというのは事実だ。しかもその顔は、高紫が宮廷を離れる前に華園にいた宮女によく似ていた。

「高紫さまが何を疑っているのか分かりませんが、翠蘭が宮女になったのはたまたまです」

「翠蘭というのか。では……春璃を宮女にしたのも偶然だというのか」

「ええ、特段の理由はございませんよ」

——そんなはずがないだろ。

玉瑛が何を考えているのか分からないのは今にはじまったことではないが、やはり表情からは何も読み取れない。

「お前は今も昔も変わらず、毒蛇だな」

「私のことをどうおっしゃろうと、構いません」

玉瑛が薄い唇の端を引き上げた瞬間虫唾が走り、言いようのない憎悪に顔を歪めた。

一秒でも早くこの場を、この女の側から立ち去りたいと思った高紫は、玉瑛に背を向ける。

「陛下のところへ行かれるのでしたら、守衛を同行させますので」

「お前の息がかかった兵など必要ない」

玉瑛がそう言ったのは、守るためではなく監視するためだろう。

「だがその前に、せっかくだから華園の宮女たちに挨拶でもしてくるか」

高紫は、そう言って扉の前で一度振り返った。狼狽する顔を見たいと思ったのだが、

「かしこまりました」と答えた玉瑛は、表情を少しも崩していない。

やはり、こんなことでは動じないか。

「何かありましたら遠慮なく私をお呼びくださいませ。華園については私に一任すると、

陛下よりおおせつかっておりますので。部屋もすぐにご用意いたします」

まるで、華園での権限は自分のほうが上だと言っているかのような言葉に、高紫は無言で背を向けて立ち去った。

その心に深い悲しみと孤独、そして復讐心を宿したまま。

八話　もう一人の皇子

「ちょっと来て」

日が落ちはじめ、今日の仕事もあと少しで終わるという時、明明（メイメイ）が春璃（シュンリー）の腕を引いて建物の陰へと誘（いざな）った。

「どうしたの？」

春璃が尋ねると、周囲を警戒しながら明明が口を開く。

「実は今日、頼まれた荷を医局に届けに行った時に……――」

幼馴染と四年振りに再会したことを明明から告げられ、春璃は驚いた。

「見た瞬間、本当に幻かと思ったんだよ。だって、まさかこんなところにいるなんて思わないじゃん？」

会えるなど微塵も思っていなかった上に、ここは女の園なのだから、驚くのは当然だ。

「でね、その幼馴染がさ、あっ、龍威（リュウイ）っていうんだけど、いきなり帰れって私に言ったの。失礼だと思わない？」

頬を膨らませている明明の言葉の中に、聞き覚えのある名が含まれていた。

「ちょっと待って、明明の幼馴染の名前って……」

聞き間違いかもしれないと思い、もう一度聞き返すと、

「名前？　龍威だけど」

首を傾げながら明明が答えた。

間違いではなかった。〝龍威〟という名を、春璃は知っている。

「その龍威という人は、なぜ華園にいたの？」

「あぁ、なんか誰かの側近をしているって言っていたけど、よく分かんない」

明明は、なんだか不機嫌そうに唇を尖らせた。もしかすると、詳しく教えられない事情があったのかもしれない。

決めつけるのはまだ早いが、恐らく間違いないだろう。明明が出会った龍威が側近として仕えているのは、春璃が療養所の小屋で話した男と同一人物。そしてそれは……。

「あのさ、明明」

春璃が口を開いた刹那、女の悲鳴のようなものが突如聞こえた。

「今の何？」

「分からないけど、何かあったのかも」

慌てて建物の陰から飛び出した明明と春璃は、急いで声が聞こえるほうへと向かう。

すると、広場に人だかりができていた。そこにいる宮女のほとんどが黄色い衣だが、中には緑と青の衣も少し交ざっている。

いつもは忙しなく動いているはずの大勢の黄女が仕事をないがしろにし、なぜかあちこちで雑談をしている。しかも、そのほとんどが顔に喜色を浮かべているのだから、なんだか異様な光景だ。

そんな中、我関せずといった様子で籠を背負って歩いている鈴花（リンファ）の姿を見つけた二人は、小走りで駆け寄った。

「これはなんの騒ぎですか？」

これまで感じたことのない、不思議な空気に包まれている華園を見回しながら春璃が問いかけた。

「私もハッキリと聞いたわけじゃないんだけど、どうやら皇子が華園に来るとかなんとかで、この騒ぎよ」

皇子、つまりは帝の子のことだ。

「だけど、それって皇太子殿下のことですよね？　だとしたら、来るという表現はおかしくないですか？」

明明の言う通り、帝の子は皇太子である栄青（エイセイ）一人だと聞いている。春璃たちはまだ見たことがないし、正直正体不明なところはあるけれど、ここは皇太子のための場所なのだから、皇太子はすでに煌華宮の中にいるはず。「来る」ではなんだか客人のようだ。

「私も驚いたんだけど、それがどうも栄青さまじゃないらしいのよ」

「えっ？　どういうことですか？」

混乱気味に明明が尋ねた。

「えっと、名は確か……」

鈴花が顎に人差し指を当てて空を仰いだ瞬間、宮女が集まっている場所から甲高い声が上がった。

今いる場所からは宮女たちのうしろ姿しか見えないため、春璃は二人と共に騒ぎの中心へ向かう。

己の心に浮かんでいる疑惑を確かめようと、なんとか人だかりをかき分けて前に進むと、隙間からようやく群衆の中心にいる人物が見えた。

そこで、宮女たちの視線を一気に集めていたのは……。

「えっ、高紫（コウシ）さま？」

姿をハッキリと捉えた春璃は、思わず声を上げてしまった。

療養所の物置小屋で会った男が春璃の名を口にした時から予想はしていたものの、実際にこうして目の前でその姿を見てしまうと、やはり驚きを隠せない。

あの時、声に聞き覚えがあったのも、その正体が高紫だったからだ。

そして明明が会った龍威という男は、春璃を途中まで馬車で送ってくれた人物で、高紫の側近。その証拠に、高紫のうしろにいる龍威を見た瞬間、「嘘でしょ」という明明の仰天したような短い声が聞こえた。

つまり、高紫さまが帝の子……？

いや、そんなことはひと言も聞いていないし、もしそうだとしても、北のはずれにひっそりと佇む元寺院に、皇子が住んでいるなどということがあり得るのだろうか。

「そうそう、名前は確か高紫さまよ。って、なんで春璃が知ってるの？」

春璃の言葉で思い出したのか、鈴花はそう言って首を傾げる。

「あっ、いえ、それは……」

どう説明すべきなのか、そもそも出会った時のことをこの場で話していいものなのだろうか。迷った春璃が口ごもりながら顔を上げると、大勢の宮女の視線が自分に向かっていることにようやく気づく。

「ちょっとあなた、突然大声を出すなんて無礼じゃない」

「本当に、なんて品のない」

「さっさと下がりなさいよ」

高紫の側に陣取っている黄女が、次々に春璃を責め立てた。

なぜこんなにも目くじらを立てられるのか分からないが、ここは事を荒立てないほうが無難だろうと、春璃は一歩うしろへ下がった。

「まったく、指導係は何をしているのかしら。こんなに不相応で図々しい新人は初めてだわ」

それでもなお、責め立てるような棘(とげ)のある物言いをしてきたのは、李雪(リセツ)をいじめていたあの黄女だった。仕返しのつもりなのだろうか。

呆れた春璃はため息をつきそうになったが、くだらない嫌みにつき合っている余裕はないため、「申し訳ございません」と素直に頭を下げる。

春璃の本音など知る由もない黄女が、してやったりとほくそ笑んだところで、騒ぎの原因である男がようやく口を開いた。

「久しぶり……というわけでもないか」

ふた月という期間はそこまで長くはない上に、物置小屋で会ったばかりなので感動の再会というにはほど遠い。そのため、春璃はいたって冷静だ。

しかし他の宮女は違うようで、光沢のある滑(なめ)らかな高紫の低い声を聞いただけで、小さな悲鳴があちこちから上がる。まるで自分が話しかけられているかのように皆うっとりとしているが、高紫の言葉はもちろん春璃に向けられたものだ。

「華園の宮女たちにもそのうち耳に入ることだから今言うが、俺の名は曹(ソウ)高紫、二十一年前に陛下の子として生まれた正式な皇子だ」

そう言って近づいてきた高紫が、春璃の耳元に顔を寄せる。

「今度ゆっくり話そう」

その行動にどよめきが起こる中、喧騒に紛れて囁(ささや)く高紫の声に、春璃の体は石のように硬直した。

「また明日、改めて華園を見て回ることにするよ」

微笑と共に高紫がそう告げると、宮女たちは「はい」と、酷く高い声を揃えた。

去っていく高紫の姿を最後まで目に焼きつけるためか、広場に密集した多くの宮女がより前へ出ようと押し合いになっていた。

執拗に春璃を責めていた黄女も含め、皆は高紫のうしろ姿に見惚れている。女ばかりの園では、容姿端麗な男の存在が、宮女を操る魔術にもなり得るということだろう。

春璃と明明は、そんな宮女たちから静かに離れ、李雪の様子を見に療養所へ向かうことにした。騒ぎのせいで気づかなかったが、すでに辺りは薄暗く、華園には行燈の灯りがともっている。

「で、どういうわけ？」

歩きながら明明が問いかけてきた。すぐ隣で会話を聞いていたのだから、高紫との関係が気になるのも当然のことだ。

明明に嘘をつくつもりはないし隠す必要もないと思った春璃は、高紫と出会った日のことを正直に話した。

「――だから、高紫さまが助けてくれなかったら、私はあのまま森で凍え死んでいたかもしれない。でもまさか、皇子だったなんて……」

「なるほど、それは確かに驚くね。そういう私も龍威が皇子の側近だなんて、いまだに信じられないけど。でもなんだか春璃とは不思議な繋がりを感じるなぁ」

高紫と側近の龍威、二人とかかわりのある春璃と明明がこうして宮女となって親しくなり、共に働いているというのは不思議な偶然だと春璃も思った。

「だからさ、春璃……」

突然足を止めた明明が、何かを訴えるような視線を春璃に向けた。珍しく硬い表情を見せる明明に、春璃は自然と身構える。

「何か悩みがあるなら、力になりたいんだ」

「……え？」

「春璃が時々思い詰めたような表情をすることに、私が気づいていないと思った？　もしかすると無意識なのかもしれないけど、時々凄く悲しそうな顔をしてるんだもん。そんな春璃を見ていたら、やっぱり放っておけないよ。これ以上、知らない振りなんてできない」

真っ直ぐに見つめたまま、明明は唇を結んだ。

明明はずっと、聞くべきか悩んでいたのかもしれない。顔に出しているつもりはなかったし、朱夏(シュカ)のことも仕事中は思い出さないようにしていたのに、微妙な心の変化に明明は気づいた。それだけ気にかけてくれていたことは、素直に嬉しいけれど……。

「明明、ごめん。でも……」

朱夏は宮女になって一年で死んだと言われ、翠蘭(スイラン)の姐、麗沙(レイシャ)も死んだ。どちらも詳細は不明のため、何が起こったのか分からない華園には疑心しかない。だからこそ、春璃はこの件に誰も巻き込みたくはなかった。

「心配してくれてありがとう。でも、本当になんでも――」

「出会ってまだふた月程度だけど、それでも私は春璃のことが好きだよ。春璃は優しくて仕事も早くて真面目だけど、一人で全部なんとかしようとするところもあるからさ。そういうのを、私にも分けてほしいなって。私なんて頼りないかもしれないけど」

「そんな、そんなことないよ。私は最初からずっと、明明の明るさに助けられてきた。だからこそ、何が起こるか分からないような状況に巻き込みたくなくて」

「何言ってんのよ。こんな閉鎖された女だらけの園に入った時点で、巻き込まれたも同然。いつ誰の身に何が起こるかなんて分からないんだから。それよりも、苦しそうな春璃の顔を見るほうが私は耐えられないよ」

「明明……」

「重いものは、一人で持つより二人で分けたほうが軽くなるんだから」

明明の無邪気な笑顔を前に、春璃の瞳が潤む。

誰にも迷惑をかけないよう一人で抱えると決めた心が緩み、目の前にある手を握りたいと素直に思った。手掛かりを得られないまま時だけが過ぎていく中で、春璃の心は自分が思う以上に限界だったのかもしれない。

「明明……私には、四年前に宮女になった姐がいるの。でも……——」

真剣で力強い明明の視線を受けながら、春璃は朱夏のことや、ここへ来るまでのこと、宮女になった目的などすべてを明明に打ち明けた。

高紫に話した時と同じように、ひとつひとつ言葉にするたび、重く圧し掛かっていた苦しみが少しずつ軽くなる。

「——きっと、今も姐はこの広い宮廷のどこかにいると、私は信じてる。だからこそ早く見つけ出したいと思うけど、そう簡単にはいかなくて」

　そこまで話して顔を上げると、明明は眉間にしわを寄せたまま目に涙を浮かべていた。際に溜まった涙は、今にもこぼれ落ちそうだ。

「ごめん……私、春璃がどれだけの思いで宮女になったのか何も知らなくて、自分はなりたくてなったわけじゃないとか、家族の話とか……」

「明明が謝ることなんて何もないよ」

　話さなかったのは春璃がそうすべきだと思ったからであって、明明が自省する必要など少しもない。

「でも春璃の話を聞いてたら、仕事がつらくて愚痴ばかり言っていた呑気な自分に腹が立っちゃって」

「そんなことない。明明がいたから、私は溢れそうになる憎悪を抑えることができているの」

　普通に笑い合える友が隣にいるからこそ、春璃はなんとか平静を保っていられる。そうでなければ、あるいは黒女を脅してでも真実を聞き出そうとしていたかもしれないのだから。

「これからは私も協力するから、できることがあればなんでも言って。春璃のお姐さんはきっとどこかにいるって私も信じてるから」

「明明、ありがとう」

涙を含んだ視線を互いに合わせると、明明はそう言って優しく微笑んだ。春璃は、涙がこぼれないように薄暗い空を見上げる。

「でも、これからどうするつもりなの？」

足を進めながら明明に聞かれたが、春璃に具体的かつ巧妙な策があるわけでもない。今の状態では黄女として働くだけで精一杯だ。夜になれば多少自由に動けるけれど、それでも守衛が目を光らせているし、同じ宮女であっても全員が味方というわけではない。むしろ、女同士のほうが厄介かもしれない。

焦って行動して失敗し、華園から追放されることだけは避けなければならないが、朱夏の安否が分からない以上、あまりのんびりもしていられない。

「まだ分からないけど、でもとにかく今は情報収集するしかないと思う」

「そっか。日中は仕事もあるし、あんまり不審な行動を取ってたら怪しまれちゃうもんね。できるだけ身分が上で、しかも信用できる人が味方になってくれたらいいんだけど、そんな人……」

視線を左右に動かしながら考えていた明明は、ふと春璃に目を向けて瞬きを繰り返す。そして何かを思い出したのか、春璃の肩に勢いよく両手を置いた。

「いるじゃん！　そういう人」

「え？」

「高紫さまだよ。春璃を助けてくれた高紫さまなら話を聞いてくれるんじゃない？　しかも皇子なんだから、身分が高いどころじゃないでしょ」

確かに、高紫には朱夏のことをすでに打ち明けているため、春璃の事情は把握している。だが、あの時は皇子だということを知らなかったからだ。帝の子だと知った今、気軽に頼ることなどできるはずがない。

「高紫さまには色々と助けていただいたけど、でもそれは難しいと思う。あの時と今とでは立場も状況も全然違うし」

それに、高紫は華園側の人間だ。もし何か知っていることがあったとしても、一介の黄女に情報を流したり手を貸すとは思えない。

「そっか～。いい案だと思ったんだけどな」

口を尖らせながら残念そうに明明が眉を下げると、西側にある療養所の灯りが見えてきた。

今朝と同じように、療養所では体調を崩している宮女が広い部屋で横になっている。その中に李雪（リセツ）もいるが、今朝ここに連れてきた時よりも顔色は随分いいようだ。

「熱は下がったし調子もよさそうだから、いつでも戻ってもらって大丈夫よ。今夜はここで寝てもいいけど」

療養所の担当をしている黄女が小声でそう声をかけてくれたので、春璃と明明は揃って礼を伝える。

「今日はここで休んで、明日戻る？」

春璃が言うと、李雪は小さく首を横に振った。

「体はだいぶ楽になったし、もう戻ろうと思っていて」

「無理してない？」

「うん。本当に大丈夫。二人とも、わざわざ来てくれてありがとう」

まだふた月のつき合いだけれど、李雪が内気で控え目だということは分かっている。そのため本心が言えないという可能性もあるけれど、春璃を見上げながら答える李雪の表情は穏やかで、無理をしているようには見えなかった。

「じゃあ、三人で戻ろうか」

春璃が右手を差し出すと、嬉しそうに頬を緩めた李雪はその手を握り返して立ち上がる。最後にもう一度世話になった黄女に礼を伝え、三人は療養所をあとにした。

高紫が華園に現れてから半刻は経ったので、さすがに宮女たちも散り散りになっただろう。本人はもういないのだから、見目麗しい皇子の残像にいつまでも浸っているわけがない。

そう思ったのだけれど、広場近くにはまだ多くの黄女が集まっていた。

「嘘、まだいるじゃん。まさか、また高紫さまが現れるのを期待して待ってるとか？」

思わぬ光景を目にした明明は、少し呆れたように呟く。

「どうだろう」

春璃にはよく分からないが、突然現れた高紫の存在によって彼女たちの表情に生気が宿ったのは事実。女だらけの場所で長く働いている宮女にとって、美しい男というのは働く活力さえも与えてくれる存在なのかもしれない。

広場を横目に通り過ぎた三人は、そのまま食堂に入った。中にはちらほら黄女の姿もあるが、いつもに比べると随分少ない。

春璃と明明が横に並んで椅子に座り、卓子を挟んだ正面に李雪が腰を下ろした。

「さっきのって、あの、何かあったの？」

いつもと変わらない質素な食事をとりながら李雪が遠慮がちに聞いてきたので、春璃は高紫が現れた時のことを伝えた。ここに来る前、自分が高紫に助けられたことも含めて。

「……そんなことが」

瞼をパチパチと上下させる李雪。春璃が高紫と顔見知りだったこともそうだが、帝に息子が二人いたという事実に驚いたのだろう。それは春璃も明明も同じだ。恐らく、他の宮女も。

「私たちも驚いたんだから。情報通の鈴花小姐（ねえさん）ですら陛下の子は一人って言っていたのに、まさか二人いたなんてね」

明明はそう言って、匙いっぱいにのせた粥を口に運ぶ。

「本当に。なぜ高紫さまの存在は、公にされてこなかったのかな」

どれだけ考えを巡らせても答えにたどり着くことはない。が、最初に会った時の、どこか憂いを帯びた高紫の表情が頭をよぎった。高紫もまた、なにか事情を抱えているのだろうか。

「そういえばさ、李雪はどうして宮女になろうと思ったの？」

春璃があれこれ考えていると、明明がふと李雪に問いかけた。

書簡が届いたとしても、それはあくまで宮女になる権利が与えられただけで、働く意思がない者は断ることも可能だ。春璃は朱夏を捜すため、明明は両親のために宮女となったけれど、他の宮女たちも何らかの理由があってここにいるのだろう。もちろん、なんとなくというのもひとつの理由だろうけれど。

「私は、えっと……」

視線を下げ、言葉を詰まらせた李雪。

「あ～ごめん、無理して言う必要はないよ。理由なんて人それぞれだからね。私はこうして春璃や李雪と出会えただけで嬉しいし」

「ううん、違うの。そうじゃなくて、実は私……許嫁がいるの」

首を左右に振った李雪は、その言葉とは相反するように表情を曇らせた。

そんな李雪を前に春璃と明明が顔を見合わせると、李雪は続けた。

「でも、宮廷から書簡が届いた二日後に父が倒れてしまって」

「えっ」

明明は思わず声を漏らして眉根を寄せる。

「命にかかわる病ではないのだけど、薬はお金もかかるし、何より父がしばらく働けないとなると賃金も減るから。私、こう見えて五人姉弟の長女で、一番下の弟はまだ七歳なんだ。だから、父の代わりに私が働こうって思って」

　他の仕事も考えたが、まだ若い小娘ではたいしたお金にはならない。家族のためを思うと、一番稼げる宮女になるよりほかなかったと李雪は言った。

「許嫁はなんて言ってるの？」

　春璃が尋ねた。

「家族のために働きたいって正直に告げて、お願いしたの。反対されるって分かっていたから煌華宮の宮女だとは言わずに、いい妻になるために花嫁修業を兼ねて親類の屋敷で三年間下働きをしたいって」

　黄女であれば宿下がりが可能なため、三年間ずっと会えないわけではない。とはいえ、年に一回では寂しいだろう。

「じゃあ、年季が明けたら李雪は婚儀を？」

　春璃が聞くと、李雪は頬に面映(おもはゆ)さを浮かべながら、静かに頷いた。

　先ほど見せた表情とは違い、花が咲いたように李雪は微笑んでいる。

「寂しくないの？」

「もともと彼が二十歳になる一年後に婚儀を行う予定だったから、それが少し延びただけだと思えば大丈夫よ」

「でも、もし皇太子さまの目に留まったら……」

黄女が御手付きになる確率はほとんどないとはいえ、万が一ということがある。

「不安がないわけじゃないけど、私みたいな目立たない黄女が皇太子さまの目に留まることなんてあり得ないし、多分、視界の隅にも入らないんじゃないかな」

そう言って、李雪はまた微笑んだ。絶対に大丈夫だという保証はないため、恐らく不安はあるのだろう。だが、宮女となってしまったからには三年勤め上げるしかない。

「李雪は今、幸せ？」

確認するように春璃が聞くと、李雪は顔を上げ、髪の色と同じような桃色を薄っすら頬に浮かべ、はにかんだ。

「うん、幸せだよ。仕事は大変だし不安もあるけど、待っていてくれる人がいるから」

どんなにつらくても、たとえ嫌がらせを受けたとしても、許嫁のためだと思えば頑張れるのだと李雪は言った。

「婚姻なんて私には縁遠いけど、李雪なら素敵なお嫁さんになれるよ。お父様のことも、大変だけどきっと大丈夫だから」

「ありがとう、春璃。最初は不安しかなかったけど、今は華園の宮女になってよかったって思ってるの。だって、春璃と明明に会えたから」

子供の頃から内気で、友達を作るのがとても苦手だった。宮女になってもきっと一人ぼっちだろうと思っていたため、こうして一緒に食事をして笑い合えて、家族や許嫁のことを話せる二人の存在は、自分にとってとても大きいのだと李雪は言った。

「それは私たちも同じよ。李雪に会えてよかったたって思ってる」

「そうそう。なんか李雪ってほんと可愛くて、同じ歳なのに妹みたいなんだもん」

春璃と明明がそう伝えると、李雪の瞳がみるみる潤んでいく。

「ありがとう……私、頑張る……絶対、幸せに……」

言葉を詰まらせながら両手で涙を拭う李雪。春璃と明明は一瞬焦ったけれど、嬉し泣きだと分かった途端、顔を見合わせて微笑んだ。

そのうちに李雪の涙も止まり、三人で声を上げて笑う。

途中から何がおかしいのか分からなくなっていたけれど、そんなことはどうでもよかった。明明と李雪、二人とただこうして笑っていられる時間は、きっと限られているから。

朱夏について、機会が訪れるのを待っていても何も進まないと悟った春璃は、それならもう自分から動こうと決心していた。

もしそこに何か大きな秘密や事件が隠されていたとしたら、自分もただでは済まないだろうが、そんなことはとっくに覚悟の上だ。

だからこそ、すべての悲しみや不安を忘れ、今はただ笑い合っていたい。今だけは……。


濃い闇が広がる子（ね）の刻。

皆が寝静まった頃、春璃は私物の綿入れを羽織って部屋を出た。

体は疲れているというのに、今宵はどうも寝つけない。一度外の空気を吸おうと、僅かな月明かりを頼りに近くの東屋にある長椅子に腰を下ろした。

昼間とは違う寂然とした景色の中、灯りを失った華園を見回す。

まだ何も分かっていないのに、どうしてこうも胸騒ぎが止まらないのだろう。華園での日々が一日一日と過ぎるたびに、胸にある不安は膨らむばかりだ。

「朱夏小姐……」

自ずと吐き出した名が、白い息と共に凍てついた空に舞った時、背後から微かな足音が聞こえ、はたと振り返る。

けれど、そこにあるのは夜の色に染まった木々だけだ。恐らく、風に揺れただけだろう。静寂の中では、どんな小さな音も大きく聞こえてしまうものだ。

そう安堵して前を向いた刹那――。

「こんな時間に何をしている」

風の音ではない低い声に、春璃の背筋が凍る。

「あの、眠れなくて、少し外に……」

守衛だろうか。体中に緊張を走らせながら振り返る。

「高紫さま」

驚いた春璃は小さな声を漏らし、大きく開いた目を高紫に向ける。

「そんな顔をされたら、自分が妖にでもなったような気持ちになるな」

「す、すみません。驚いてしまって」

「初めてというわけでもないのに、まだ慣れないのか」

高紫は苦笑いを浮かべながら、春璃と向かい合うように腰をかけた。

何度目だろうと皇子だと分かった今、緊張するなというほうが無理な話だ。

「それで、何か分かったのか」

「……いえ」

朱夏のことを聞いているのだろう。春璃は、視線を下げながら小さく首を振る。

助けてくれた恩はあるが、高紫は帝の子だ。煌華宮や、そこにいる人間に疑念を抱いているることを、これ以上不用意に話すことはできない。

しかし実際のところ、朱夏の話を聞いた時、高紫はどう思ったのだろうか。

『相手が誰であろうと、必ず真実を突き止める』と言ってしまったのだから、春璃に帝や皇太子のために仕える気などさらさらないと分かっているはずだ。それでも高紫が責めなかったのは、なぜか。

「あの、高紫さま。ひとつ、お伺いしてもよろしいでしょうか」

「ひとつでいいのか？」

春璃の顔をのぞき込むように悪戯っぽく口角を上げた高紫の顔は、薄い月明かりの下でも美しく輝いているように見えた。

「では、ふたつほど」

高紫から視線を外した春璃は、速くなる鼓動を抑えるように胸に手を当てる。

「高紫さまは、私が姐の話をした時、本当はどう思われたのですか」

「どうと言われても、あの時言った通りだが」

間髪を容れずに返された。

宮女になる本当の目的を春璃が話した時、高紫はこう言った。

『春璃の気持ちは、俺にも分かる。つらかっただろう。よく一人で耐えたな』

あれは、嘘偽りのない言葉だと信じていいのだろうか。

煌華宮に不審を抱いている者が宮女になることなど、普通は許されないだろう。帝の息子である高紫なら、話を聞いた時点で春璃が宮女になることを阻止できたはずだ。

でも、高紫は何もしなかった。それどころか責めることもせず、無事宮廷まで辿り着けるよう手配してくれた。

おそらく、春璃の真の目的を誰かに漏らしたりもしていないのだろう。高紫がもし華園の上級宮女、つまり黒女などに話していたなら、春璃はとっくに華園から追い出されているに違いないからだ。

「高紫さまはなぜ、私を咎めないのですか」

春璃が問うと、高紫は遠くを見つめながら「そうだな……」と、静かに口を開く。

「それは、俺も同じだからだ」

「同じ……？」

「ああ。俺は華園に対して、不審しかない」

「えっ⁉」

思わず声を上げた春璃を見て、高紫は月明かりを背にふっと笑みを浮かべた。

「華園というより、帝と黒女に……と言ったほうが正しいかもしれないな。正直あいつらのことを考えると、不信感どころか憎悪さえ湧いてくる」

驚く春璃とは対照的に、自分の父である帝のことをそんなふうに言い放った高紫は、眉ひとつ動かさない。

「もしかすると、皇帝陛下の子は栄青さましかいないと言われていた理由と、何か関係があるのですか」

この流れで、春璃はもうひとつの質問を投げかけた。

今まで、春璃のまわりにいる宮女は高紫の存在を知らなかった。華園の情報に詳しい鈴花さえ、帝の子は一人だと聞かされていたのだ。それは、どう考えてもおかしい。

すると、少しの沈黙のあと、高紫は視線を春璃に向けた。

「春璃、俺が言った言葉を覚えているか」

「言葉？」

「そうだ。馬車で送ったあと、いつか俺の頼みを聞いてもらうと言っただろ」

「あっ、はい。もちろん覚えております。私にできることであれば、なんでもおっしゃってください」

　できることなど限られているが、助けてもらった恩は返したい。

　命を救ってくれたのだから、当然本気でそう思っているのだが、高紫は予想外の言葉を口にした。

「だったら、互いの目的を果たすため、俺と手を組まないか？」

「……え？　あの、手を組むとは」

　高紫の力になれるのなら雑用でもなんでもやるつもりだったが、その言葉の意味が理解できない春璃は、問い返した。

「春璃は、朱夏の死を信じていないのだろう？」

「はい。もちろんです。姐は今も華園のどこかにいると思っています」

「だが、今のところなんの情報も得られていない。それなら、俺と手を組むほうが春璃にとっても好都合だと思うが」

　確かに、黄女では動ける範囲も限られているが、高紫ならば黒女や帝とも対面が可能。朱夏についても何か分かるかもしれない。

　しかし……。

「あの、高紫さまの目的とはなんなのでしょうか」

　それが分からないままでは、簡単に頷くことはできない。恩人ではあるが、たった一度会っただけで、高紫のことはまだ何も知らないからだ。しかも素性を隠されていたのだから、その時点で嘘をつかれていたことになる。

「俺の目的は、復讐だ。すまないが、今はそれしか言えない」

詳細を話せないということは、高紫もまた、春璃を全面的に信頼しているわけではないのかもしれない。

しかし、〝復讐〟とは物騒な話だ。春璃は一瞬表情を曇らせたけれど、言うなれば、自分もそうなる可能性はじゅうぶんにあるのだと気づき、顔を上げる。

こんなことは考えたくもないが、もし万が一本当に朱夏が死んでいて、その死の原因が華園にあるとしたら、実行するかは別として、復讐という言葉も浮かんでしまうかもしれない。

けれど、ここで今すぐに首を縦に振るということは、やはり難しい。どんな理由があるにせよ、高紫が華園側の人間であることに変わりはないのだから。

「高紫さま、申し訳ございません。助けていただいたご恩に報いる気持ちはもちろんありますが、詳しい事情が分からないまま簡単に受け入れることはできません。少し、考える時間をいただけないでしょうか」

ただの宮女が皇子の言葉を受け入れず自分の意見を主張するなど、明らかな愚行。罰せられてもやむをえない行為だが、春璃はそう答えるよりほかなかった。

不安にさいなまれながら視線を向けると、高紫は「正直なやつだ」と呟き、春璃の心情に反して微笑を漏らした。

「あの、申し訳ございません。私は……」

「心配するな。拒んだからといって、お前をどうこうするわけではない。返事はいつでもいい」

困惑している春璃を見つめる高紫の表情には、どこか陰りがある。出会った時にも感じた哀愁が、高紫の美しい瞳に宿っているような気がした。

「明日も早いのだろう。春璃はもう戻れ」

「はい。ですが、高紫さまは」

「俺はまだ少しここにいる」

「分かりました。では、失礼いたします」

夜空を見上げている高紫に向かって頭を下げた春璃は、静かにその場を立ち去った。

高紫の言う復讐とは、いったいなんなのだろうか……。

九話　企み

この日の華園は、どこか違っていた。

朝の早い時間帯、いつもなら黄女以外の宮女の姿はほとんど見ることがないのだけれど、今日は緑女や青女、紫女の姿を頻繁に見かける。しかも揃って深刻な表情をしているのだから、何かあったと考えるのが妥当だろう。

しかし、どんなことがあったとしても、黄女のやることはいつもと変わらない。寒さに耐えながら水場で洗濯をするだけだ。

やがて朝の仕事が一段落ついた頃、春璃（シュンリー）は明明（メイメイ）と、すっかり体調がよくなった李雪（リセツ）と水場の隅に座って少しの休憩を取っていた。

風にのって揺れている干したばかりの洗濯物を眺めながら、三人が何気ない会話を楽しんでいると、

「ちょっと、ちょっと、大変よ！」

朝から姿が見えないと思っていた鈴花（リンファ）が、慌てた様子で春璃たちのもとへ駆け寄ってきた。

「どうかしたんですか？」

春璃が尋ねると、膝に両手を置いて一度息を整えたあと、鈴花は顔を上げた。

「華園の様子がいつもと違うから、気になってちょっと探ってみたの。そしたら、いつもはほとんど会うことのない悠月さまに偶然会って、聞いたのよ。あっ、あなたたちは知らないわよね、悠月さまは青女なんだけど――」

鈴花が宮女になった当初、新人に対して親切に接してくれた唯一の宮女が、青女の悠月だったと言う。

「その悠月さまの話によると、今朝とんでもないことが起きていたの」

春璃たちは、小さくなった鈴花の声に合わせるように顔を寄せた。

「実は、皇太子さまのために入内させた妃嬪、つまり桃女が……華園を追い出されたって」

「えっ？」

鈴花の言葉に、三人は思わず声を揃えた。

「時間がなかったから詳しいことまでは聞けなかったんだけど、桃女全員が華園を去ったらしいわ」

今しがたそのことを知ったと、悠月が教えてくれたらしい。朝から黄女より上の位の宮女たちが慌ただしくしていたのは、あまりに突然の出来事だったため、色々と対応に追われていたからだろうと鈴花は言った。

「でも、皇太子さまはなぜ突然そんなことを」

春璃の問いかけに、鈴花は首を横に振った。

「そこなんだけどね、桃女を追い出したのは皇太子さまではないような気がするの」

「どういうことですか？」

再度、春璃が尋ねる。

「あなたたちに話そうと思って、まだ言えてないことがあるんだけど」

以前、春璃と明明は華園に関する様々な噂話を鈴花から聞いていたが、さらにもうひとつ。

『皇太子さまについても、また色々と噂や問題があるのよ。それに、実は三年前にも同じように……』

あの時言いかけていた鈴花の言葉を、春璃は思い出した。

「陛下がここ数年ほとんど表に出てきていないって話はしたと思うけど、それだけじゃなくて、実は私、皇太子さまを一度も拝見したことがないの」

三人は、またもや「え？」と、声を揃える。

ここ華園は、皇太子のための女の園だ。そのために多くの宮女が働いている。鈴花ももちろんその一人である。それなのに、二年勤めている鈴花も皇太子を見たことがないとは、どういうことなのか。

「私は宮女になって二年だけど、その一年前、つまり三年前から皇太子さまは華園に姿を見せていないらしいのよ。皇太子さまのことをあれこれ堂々と噂する宮女はほとんどいないけど、陰では〝引きこもり皇子〟って呼んでいる宮女もいたりするらしいわ。当然、そんなことが玉瑛（ギョクエイ）さまやご本人の耳に入ったら首が飛ぶだろうから、皇太子さまの姿が見えないことに疑問は抱いていても、みんな怖がって口には出さないのよ」

春璃の脳裏に、朱夏（シュカ）の顔が浮かんだ。皇太子が姿を見せなくなったのと、朱夏が亡くなったとの知らせを受けた時期が同じだったからだ。

「そして姿を見せなくなったこととともうひとつ、煌華宮が建てられた時と同じように、三年前にも多くの宮女が華園を去ったそうよ」

当時働いていた宮女で今も残っている者はいるが、詳しい事情を知る者はおらず、華園を去った宮女には大金が支払われたとか下賜されたとか、耳にするのはすべて憶測や噂に過ぎなかった。そのためなぜ多くの宮女が辞めたのか、本当の理由は鈴花にも誰にも分からないのだと言った。

「今回のことと三年前に宮女の入れ替えがあったことが関係あるのかは分からないけど、ずっと表に出ていない皇太子さまが、突然桃女を辞めさせるなんておかしいと思って」

鈴花は腕を組み、難しい顔をしながら首を傾げた。

「皇太子さまが桃女を気に入らなかったとかではないんですか？　新たに桃女を入内させるために、辞めさせたとか」

明明の言うことは確かに一理あるが、果たして本当にそんな単純なことなのだろうか。多くの宮女が華園を去り、皇太子は一切表に姿を現さなくなった。そして今日また桃女が全員華園を去ったのは、そうしなければならない何か大きな理由があるのではないだろうか。

「玉瑛さまは……」

顎に手を当てながら春璃が呟くと、それぞれ考え込んでいた三人の視線が春璃に向く。

「前に、この国を動かしているのは陛下ではなく玉瑛さまなのではという噂があると、おっしゃっていましたよね」

春璃の問いに、鈴花は「そうよ」と頷いた。

「それがもし本当だとしたら、今回のことも玉瑛さまのお考えということになりますよね」

「そうね。私はそうじゃないかって思ってるけど、結局私たちにはああでもないこうでもないって憶測を話すことしかできないからね」

鈴花の言う通り、一介の黄女に真実を知る機会などなく、このまま何も知らされず分からないままという可能性が高い。

「とりあえず、私たちはいつも通り仕事に戻りましょう。桃女が去ったとなれば、住んでいた宮や棟の掃除に駆り出されるかもしれないし。さ、行くわよ」

「あぁ……絶対そうなりますよ。桃女の宮っていったら広いんだろうな～」

うなだれながら鈴花のあとに続いた明明と、そのうしろを小走りでついていく李雪。春璃は、三人の背中を見つめながら考えていた。

朱夏が亡くなったと知らせを受けた三年前に宮女が大勢入れ替わり、皇太子は姿を見せなくなった。なぜ、三年前なのだろうか。

ただの偶然で、時期が一致したことはまったくの無関係かもしれないけれど、春璃はどうしても朱夏のことが頭をよぎってしまう。

もし、華園を去った多くの宮女の中に、朱夏も入っていたとしたら？　そしてそれは去ったのではなく、何者かによって始末されたのだとしたら……。

いや、そんなことあるはずがない。

春璃は頭を激しく左右に振った。物事を悲観的に考えてしまうのは、華園という閉鎖された独特な世界の中で何が起こっているのか、また起こっていたのかを知る術がないからだ。

それに加え、翠蘭（スイラン）の姐、麗沙（レイシャ）が実際に命を落としていることも相俟って、嫌なほうへ考えが向いてしまう。

「春璃～！」

明明の声に反応した春璃は、うつむきかけた顔を上げた。

けれど、ここで考えていたって仕方がないのだから、朱夏が生きていることをひたすら信じ、今はとにかく成り行きを見守るしかない。

「早くおいで～」

一度深く息を吸って気持ちを落ち着かせた春璃は、手招きしている明明たちのもとへ駆け寄った。

黒女という身分は華園を取り仕切るだけでなく、帝や皇太子と密に連絡を取り合い、時に政（まつりごと）にも関与する存在だ。多忙なため華園を呑気に散策しているなどということはなく、春璃が黄女となってからこれまで一度も黒女を見かけたことはなかった。

だが、そんな黒女玉瑛が春璃の前に現れたのは、明明と李雪と共に食堂で夕餉をとっていた時だった。

主（あるじ）のいなくなった桃女の宮や棟を大急ぎで掃除したあとなので、食堂にいる黄女は皆いつも以上にぐったりしていた。

けれど、玉瑛が紫女と青女を引き連れて食堂に足を踏み入れた瞬間、全員の表情が一変する。皆が居住まいを正して口を噤（つぐ）むと、静寂に包まれた空気がピリッと張り詰める。お腹が空いたと粥をかき込んでいた明明は手を止め、春璃もまた無言で玉瑛に視線を送った。

扉の前で一度ぐるりと食堂を見回したあと、玉瑛が足を進めると、誰もが息を呑んでその動向を見守る。

まさかここで食事をするわけではないだろうが、なぜこんなところに黒女が？

春璃がそう疑問に思っていると、玉瑛は春璃たちが座っているところへ近づいてきた。

しかし玉瑛が視線を向けているのは、春璃ではない。

「李雪」

名を呼ばれた李雪は、びくりと肩を揺らして背筋を伸ばした。

「は、はい」

上ずった声で返事をする李雪を、氷のような瞳が見下ろす。全員が玉瑛の発する言葉に耳を傾けていると……。

「今すぐ部屋に戻り、荷物をまとめて私の執務室まで来なさい」

「……え？」

「これより、あなたには桃女となっていただきます。悠月、案内をして差し上げなさい」

──この人が、悠月。

今朝、鈴花から聞いた青女の悠月だ。青みがかった髪をしている悠月は、鈴花が親切だと言っていた通り優しそうな顔をしている。だが、そんなことよりも。

「あ、あの……」

「早くしなさい」

落ち着きながらも鋭さを含む玉瑛の声に、李雪は慌てて立ち上がった。

「では、行きますよ」

玉瑛は理由も何も告げずに立ち去ろうとするが、李雪は水を浴びたように小刻みに震えたまま動けずにいる。

「あの、私……」

そして、弱々しい声で春璃を見つめる李雪の瞳が、瞬く間に潤んでいく。

「春璃……」

李雪は目に涙を浮かべながら、春璃に向かって手を伸ばした。

『幸せだよ』

はにかみながら幸せそうに微笑んだ李雪の顔を思い出し、春璃は立ち上がる。そして、目の前に伸びてきた李雪の手を握ろうとしたが、

「あなたはもう、黄女ではありません」

二人の間に入ってきた玉瑛により、阻まれてしまった。

「桃女となったからには、勝手に出歩くことも、こんなところで食事をすることもありません。無論、安易に黄女と話をすることも、今後はないと思ってください」

「あの、で、ですが……」

「よろしいですね、〝李雪さま〟。今後は何かあれば私か、悠月に申しつけてください」

直前まで最下級の宮女である黄女だった李雪に対して、へりくだる玉瑛。まるで『お前たちとは違う』と、春璃たちに警告しているかのようだ。

たとえそうだとしても、このまま見過ごすわけにはいかない。李雪を桃女にするわけにはいかないと、春璃は口を開く。

「お待ちください、玉瑛さま」

　だが、玉瑛は足を止めなかった。

「玉瑛さま！　李雪の話を聞いていただけないでしょうか！」

　まるで春璃の声など耳に入らないと言わんばかりに、玉瑛は振り返らない。

　李雪は何度も立ち止まろうとしているけれど、隣にいる紫女が李雪の背中に手を回し、狼狽している李雪を無理やり歩かせていた。

「待って！」

　しびれを切らした春璃が追いかけようとした瞬間、横から腕を摑まれた。

「落ち着いてください」

　そう言って春璃を止めたのは、青女の悠月だ。春璃は一瞬目を丸くしたが、すぐに眉根を寄せて悠月を見つめる。

「李雪が桃女になるとは、どういうことなのですか？　李雪は、あの子は駄目なんです。早く止めないと」

　必死に訴えると、焦燥感に駆られた春璃の両手を悠月が握った。

「落ち着いてください。駄目とは、どういうことです」

　真剣な眼差しを向けてきた悠月は、身分の低い黄女の話でも聞いてくれる人なのかもしれない。鈴花も世話になったと言っていた通り、きっと優しい人なのだ。

「李雪は、李雪には許嫁がいるのです。華園での年季を終えたら婚儀を行う予定だと言っていたから、だから桃女にはなれません」

周囲に聞こえないよう、声をひそめながらも必死に訴えた。

突然のことに、ここにいる誰もが混乱しているだろう。もちろん春璃も動揺しているけれど、桃女がどういう身分なのかは誰もが知っていることだ。だからこそ、このまま何もしないわけにはいかなかった。

「……そういうことですか。分かりました」

悠月の言葉に、春璃はハッと顔を上げる。

「今すぐには無理ですが、私がなんとかしてみますので。心配する気持ちは分かりますが、あまり事を荒立てずに待っていてください」

悠月の瞳には、何か強い意志が感じられる。青女という立場ゆえ、玉瑛に逆らうことは不可能だが、苦しんでいる宮女を放っておくこともできない。自分にできることをやってみるから、信じて待っていてくれと、悠月の真剣な表情からそんな気持ちが伝わってきた。

同時に、悠月の手を借りなければ今後李雪と話をすることは叶わず、黄女である春璃にできることはないのだと思い知らされた。

「どうか、よろしくお願いします」

体の力を抜いた春璃は、そう言って頭を下げる。

鈴花が信頼している悠月のことを、今は信じるしかない。

突然現れた玉瑛が李雪を連れて行き、悠月が去った食堂の中は、奇妙な沈黙が生まれていた。

だがそれも束の間、この場にたまたま居合わせた黄女たちはひそひそと話をはじめ、あちこちから声が上がりはじめる。

「なんであの子が？」

「たしかに桃女って言ったわよね」

「まさか、黄女から桃女になるなんて」

今しがた起こった出来事はあっという間に広まり、明日の朝には宮女全員が知るところとなるだろう。

春璃と明明は複雑な表情を浮かべたまま互いに目線を合わせるも、口を開くことなく部屋へと戻った。


翌日は、予想通り李雪のことが黄女の間で大きな話題となっていた。

『どんな手を使ったのかしら』

『ああ見えて、実は高官の娘らしいわよ』

『玉瑛さまに気に入られるため、散々媚を売っていたって聞いたわ』

そんな根も葉もない噂話が飛び交う華園で、春璃は鬱々とした時間を過ごしていた。

『勝手なことを言うな』と声を大にして訴えるのは簡単だが、そうすることで騒ぎになり、李雪の立場が悪くなるかもしれない。こうしている間も不安を抱えているであろう李雪に、自分の感情だけで迷惑はかけたくなかった。

どうすることもできないまま、今朝も仕事はいつも通りこなしたけれど、いつもと違ってあまり会話はなかった。

鈴花からもらったおやつの胡麻団子も、いつもならふたつは食べる明明が今日はひとつで終いにしていた。おかげで休憩の時間がいつもよりずっと余っている。

「二人とも、大丈夫？」

鈴花が声をかけてくれたけれど、春璃も明明も力なく頷くことしかできない。

庭園の縁台に腰をかけたまま、磨き上げられたように澄んだ冷たい空気を吸い込む春璃。朱夏を捜すために宮女になったけれど、今は李雪のことで頭がいっぱいだ。このまま李雪が本当に桃女になってしまったら、許嫁と結ばれることはなくなってしまう。

その時の李雪の気持ちを考え、胸を引き裂かれるような思いでいると、側にいる鈴花が「あっ！」と声を上げた。

驚きつつ鈴花の視線を追うと、青色の裙を着た宮女がこちらに向かって歩いて来るのが見えた。それが悠月だと分かり、何か進展があったのかもしれないと、春璃は思わず立ち上がる。けれど、春璃が近づくよりも先に鈴花が駆け出した。

「悠月さま！」

「鈴花。今日も元気そうでよかったわ」

「はい。元気だけが取り柄ですから」

鈴花の嬉しそうな表情を見ているだけで、悠月への信頼が伝わってくる。きっと、自分たちが鈴花に対して感じている気持ちと同じなのだろうと、春璃は思った。未知の世界に飛び込み、不安だらけだった心が鈴花によって解れたように。

「少しだけ、お邪魔してもいいかしら」

「もちろんです」

三人揃ってそう返し、悠月と鈴花を縁台に座らせ、春璃と明明は縁台の前に膝をつく形で座った。

「すみません、李雪は、李雪はどうしているのでしょうか」

膝の上にのせた手をギュッと握り、少しだけ前のめりになりながら春璃が問う。

李雪が連れていかれたのは昨日のことなのに、もう随分長い間会えていないような感覚だ。

「李雪さまなら、桃女の宮にいらっしゃるわ。今はとても動揺しているけれど、私が李雪さまの青女として側に仕えているし、体調を崩したりはしていないから安心して」

「そうですか……」

桃女一人につき青女が一人仕える決まりだが、李雪に仕えているのが悠月だと分かり、少しだけ安堵する。

「昨日は、みなさんを驚かせてしまってごめんなさい」

「そんな、悠月さまが謝ることではございません」

表情を曇らせた悠月に、春璃はすぐさまそう返した。何もかも疑問だらけだが、李雪の件が決して悠月のせいではないということだけは分かっている。

「青女といったって、実際には何の力もないの。これまでも苦悩する宮女たちの姿をたくさん見てきたけれど、そのたびに自分は無力だと感じていたわ。だからせめて、できる時はこうして話を聞くようにしているの。私では力不足かもしれないけど」

「そんなことありません！」

うつむきながら話す悠月の言葉を否定したのは、鈴花だ。

「他の宮女たちの輪になかなか入れず、一人悩んでいた私に声をかけてくださったのは悠月さまではないですか。悠月さまが『飾る必要はない、ありのままの鈴花でいい』と言ってくださったから、今の私があるのですよ」

偽りの笑みを浮かべ、人を見下すような宮女も多くいる中、悠月が優しく接してくれたことで救われたのだと鈴花は言った。

「鈴花、ありがとう。そんなふうに言ってくれると、私も救われるわ。それに、私は黄女の皆と話す機会があまりないから、私の知らない黄女たちの話をたくさん聞けるのは、とても嬉しいし」

黄女にとっては位が高い宮女ほど遠い存在となるが、悠月にそんな隔たりが感じられないのは、穏和な表情とその思いやりゆえだろう。

悠月ならば、あるいは朱夏のことを話してもいいのかもしれない。

そう思いながら、まずは李雪を救う手立てを考えなければと、春璃は口を開く。

「悠月さま、すみません。李雪は桃女になると玉瑛さまがおっしゃっていましたが、なぜ李雪なのでしょうか」

否定的な意味ではなく、純粋な疑問だった。

桃女といえば皇太子の側室。ともすれば、皇太子の子を産むことも、そしてその子が後の皇帝となる可能性だってある。だからこそ、桃女となる者は名家の娘が入内するか、もしくはすでにそれなりの身分（たとえば紫女や青女など）から選ばれるのではと思っていた。

誰が皇太子の御手付きとなってもいいように、たとえ黄女でも教養のある者でないと働くことができない。そのように制度の改正を行ったとはいえ、まさか本当に黄女が、しかも新人が桃女になるなどとは、恐らく誰も想像していなかっただろう。

だからこそ、許嫁がいる李雪は宮女になることを選んだのだ。三年働けば帰れると信じて疑わなかったから。それなのになぜ黄女が、李雪が選ばれたのか。

そのことを春璃は昨夜からずっと考えていたが、腑に落ちる答えは見つからなかった。

「あなたは……春璃、だったわよね」

「はい」

悠月が、正面にいる春璃を見つめた。

「曹（ソウ）家が一番恐れていることは、なんだと思う？」

問われた春璃は一度視線を下げた。

国を統治する帝は国の繁栄と平和、そして民の生活を守らなければならない。つまり、それらが危ぶまれることを恐れているのだろうか。隣国からの侵略や、紛争か……。

春璃が己の考えを述べる前に、悠月が声をひそめてこう言った。

「曹一族と、そして玉瑛さまが恐れているのは、血筋が途絶えることよ。血筋が途絶えれば一族は失墜し、政権を奪われるから」

そういえば葉仙（ヨウセン）も、『岑国（シン）において最も偉大な帝の血筋が途絶えることは、国の滅亡にも繋がりかねない』と言っていた。だが、それが一番だと言われると違和感を覚えてしまう。

「血筋……」

独り言のように呟いた春璃を見て、悠月が続けた。

「けれど今、その恐れていることが起こる可能性が高くなっているのよ。鈴花、あなたは知っているわよね、栄青（エイセイ）さまについての噂を」

皇太子が三年前から姿を現していないという、あの話のことだろうか。

「はい。その噂については二人にも話しました」

「そう。なら話が早いわ。栄青さまは現在二十三歳だけれど、皇帝陛下がその歳の頃にはすでに御子が二人生まれていたの」

だが残念なことに、その後生まれた子も含め、続けて三人早世してしまったのだと悠月は言った。

子は栄青だけだと思っていたが、その前に三人も生まれていたというのは初めて耳にする事実だ。鈴花も知らなかったようで、驚いている。

「だけど、今の栄青さまにはまだ一人も御子がいらっしゃらない。いえ、子ができる以前の問題と言ったほうが正しいかもしれないわ。昨日、桃女が全員華園を去ったことは皆も知っていると思うけれど、あれは、誰一人として栄青さまのお通りがなかったからなの」

つまり、桃女はいたものの夜伽がなかったということ。それに業を煮やしたのは玉瑛で、『使えない宮女に払う報酬などない』と、桃女を躊躇いなく切り捨てたのだと悠月は言った。

「でも、栄青さまはなぜ夜伽をなさらなかったのですか?」

素朴な疑問を明明が口にすると、悠月は唇を噛み、少しだけ考えてから口を開く。

「とても簡単なことよ。それは、他の桃女では駄目だったから」

そう言って、悠月は春璃の目を真っ直ぐに見つめた。何かを訴えかけるような、もしくは心の中を覗かれているかのような視線が春璃の心に謎の影を落とし、心臓の鼓動が僅かに速くなる。

「だからね……」

ひと呼吸置いた悠月は、三人の顔をゆっくりと見回してから続けた。

「このままでは次期皇帝と言われている栄青さまに、子が生まれない。その危機を脱するためにまずは一人、これまで桃女だった女たちとは見た目も人柄も異なる宮女を選んだのではないかと私は考えているわ。栄青さまの心が動くかどうか試すため、李雪さまじゃなかったとしても、そういう宮女なら〝誰でもよかった〟のではと……」

　あまりの衝撃に、春璃は愕然とした。

「試すって、誰でもいいなんて、そんな、そんなことのために李雪が？　誰でもいいなら、拒んでいる李雪でなくてもいいじゃないですか」

「もちろん、なぜそんなことをするのかと玉瑛さまには訴えたわ。李雪さまの反応を見る限り、他の宮女のほうがいいのではと提案もした。でも、私の意見など到底聞き入れてもらえなかった」

　華園内におけるあらゆる権限は、あくまでも玉瑛にあるということか。

「悠月さま、お願いします。李雪に会わせていただけないでしょうか。悠月さまにばかり負担をかけることになってしまいますが、私のような黄女には他に頼れる方がいないのです。どうか」

　春璃が立ち上がり頭を下げると、明明も「お願いします」と、それに続いた。

「顔を上げてください。私は、そのために来たのですから」

　ハッと息を吸って顔を上げると、悠月はどこか意を決したように力強く頷いた。何か考えがあるようだ。

「玉瑛さまは少しの間、華園を離れるとおっしゃっていて、一刻は戻られません。でも、玉瑛さまの行動は私にも読めないから、長居はできないですが」

「構いません。少しでも李雪に会って話ができれば」

「あまり目立つ行動は取れないから、行くのは春璃だけになるけれど」

春璃と明明は視線を合わせ、互いの心中を確認するかのように頷いた。

明明と鈴花は仕事に戻り、春璃は悠月が用意した荷を抱えて足を進める。華園ではどこで誰に見られているか分からないため、不審に思われるような行動は避けたい。また、何かの理由がないと黄女は入れない場所であるため、春璃は青女の荷を運ぶという体で悠月のあとに続いた。

向かった先は、桃女のための宮や棟が並んでいる華園内の南側。春璃が昨日、掃除をするために初めて足を踏み入れた棟のさらに先だ。

桃女が全員華園を去る前までは、美しい桃色の衣装を着た桃女やそれに仕える青女、黄女などが大勢いて、ここもきっと賑やかだったのだろう。だが今は、人が去っただけでこんなにも一変するのかと驚くほど、不思議な静寂に包まれている。

「悠月さま、ひとつお聞きしたいことがあるのですが」

前を行く悠月の背中を見つめながら、口を開いた。

「なんですか」

振り返ることなく、歩きながら答える悠月。二人きりになったこの機を逃さないよう、春璃には確認しておきたいことがあった。

「栄青さまが、大勢いた桃女の誰にも御手をつけなかったのは、他の桃女では駄目だったからだとおっしゃいましたよね。つまりそれは、栄青さまには慕情を抱いた桃女が誰かいた、ということなのでしょうか」

　すると、悠月は前を向いたまま足を止めた。

「……そ、そこまでは、分かりかねます」

　一瞬の静けさの中、冷たい微風が青い裙を揺らすように、悠月の声にほんの僅かな動揺が見られたような気がした。

「ただ、華園はそういうところなのかもしれないわ」

「そういうところ、とは」

「華園にはあらゆる感情が渦巻いていて、ある者にとってかけがえのない愛でも、ある者にとっては憎しみで、楽しかったり、退屈だったり……。だからこそ、時に誰も想像しなかったことが起きたりもするのよ」

　栄青さまが表に出ないのも、何かしらの感情が原因だと言いたいのだろうか。はっきり言えなくても、悠月が何かを伝えようとしているのだとしたら……。

「あの、もしかすると悠月さまは、私の――」

「あなたの力になりたいけれど、今すべてをお話しすることは、私には……。本当に、無力でごめんなさい」

　まるで春璃が何を言おうとしていたのか分かっているかのように、悠月はそう言って再び歩き出した。

『他の桃女では駄目だった』と言った時の悠月の視線が、春璃は引っかかっていた。まるで、自分に何かを訴えかけているようで。だからこそ、もしかすると悠月は朱夏のことを知っているのではと考えたのだ。

『他の桃女では駄目』というのは『心に決めた桃女が既にいる』という意味にも取れる。

三年前に死んだとされた朱夏と、その頃から姿を現さなくなり、桃女に手をつけなかった栄青。ただの勘だが、無関係だとはどうしても思えない。

しかし、悠月にこれ以上重荷を背負わせたくはないと思った春璃は、口を閉じた。言いたいけれど言えない、そんな葛藤を、悠月の言葉と小さな背中から感じ取ったからだ。

広大な華園を静かに歩き続け、悠月は四つある宮の中でも皇太子の宮殿に一番近い宮の前で立ち止まった。春璃は荷を両手で強く抱き、雅な瑠璃瓦(るりがわら)の屋根を見上げる。

「行きますよ」

周囲を見回してから悠月が階段を上り、春璃もあとに続く。

石造りの門(アーチ)をくぐり、華やかな彩色画が描かれた壁を横目に、磨き上げられた柱廊を歩いて中に入った。

格天井が張られた広い室内には、目も眩むような煌びやかな調度品の数々が置かれており、飾りけのない黄女の棟とは比べものにならないほどの絢爛(けんらん)さだ。

皇太子の妃嬪が住まう宮なのだから当然だが、昨日春璃たちが掃除をした桃女の棟はもっと小さく、装飾の類も簡素であった。

「この宮殿は紅宝宮です。桃女には専属の青女が一人つき、通常だとその下に宮の掃除や雑用をこなす黄女が数人いるのですが、李雪さまが桃女になられたのは突然だったため、今は私だけが青女として仕えています」

悠月以外の青女は、桃女が去ったと同時に全員が緑女、又は黄女に格下げになった。それまで青女だった者は急なことに当然不満を漏らしたが、黒女である玉瑛に逆らう者など、この華園にはいないのだと悠月は言った。

「逆らったところで華園を追い出されるか、最悪の場合は処罰されると分かっているから、皆何も言えないのよ」

春璃は、一瞬考えた。

誠実で正義感の強い朱夏なら、不当だと思った事柄に対しては、正面から反論するのではないだろうか。姐は間違っていると思えば、相手が誰であれそれを主張することのできる、強くて優しい人だった。

だとすると、何かのきっかけで黒女に逆らった朱夏が、処罰された可能性は……。

「けれど、玉瑛さまとて人間です。誠心誠意思いを伝えて懇願すれば、きっと聞き入れてくださるはず。信じましょう」

「そうですよね……」

「とにかく今は、李雪さまのところへ急ぎますよ」

「はい」

嫌な考えがまた頭の中を支配しそうになった春璃は、悠月の声でそれらを振り払った。

大広間にある階段を上ると、扉の前で悠月は振り返る。

「李雪さまはこの先にいらっしゃるわ。私はここで待っているから、話してきなさい」

悠月に向かって一礼した春璃は、部屋の中へ足を踏み入れた。

椅子や机が置かれている部屋の奥に、草花が彫刻された屏風が置かれている。

そっと足を進めて屏風の先を覗くと、李雪はこちらに背を向けた状態で寝台の上に横たわっていた。

昨日までは黄色だった衣が、桃色の絹の襦裙に変わっている。

「李雪……」

春璃の声に反応した李雪は、息を吹き返したかのように勢いよく体を起こした。

「春璃……」

弱々しい声で名を呼んだ直後、李雪の目から涙が溢れ出す。

すぐさま駆け寄り抱きしめると、李雪の小さな体は小刻みに震えていた。涙のせいなのか、それとも恐怖からなのかは分からない。もしくはそのどちらもかもしれない。

「春璃、私……私……」

言葉にならない李雪の心の叫びを受け止めながら、春璃は「大丈夫だから」と、声をかけ続けた。

しばらくして落ち着きを取り戻した李雪は、真っ赤になった目を春璃に向けた。

「私は、黄女の仕事がどんなに大変でも、誰に何を言われても耐えられる。でも、桃女は、桃女だけは……」

春璃の両腕にしがみついて必死に訴える李雪には、帰りを待っていてくれる人がいる。だから、この状況を受け入れられないのは当然だ。

「大丈夫よ、李雪。私が玉瑛さまに話をして、絶対になんとかするから」

「で、でも、そんなことをしたら、春璃の立場が」

「立場なんかどうだっていい。李雪には、帰りを待っていてくれる人がいるんだから」

玉瑛を説得するのは難しいことだが、聞いてもらえるまで引き下がらないと春璃は心に決めた。大切な人に会えない悲しみを知っているからこそ、そう強く思う。

「この広い部屋に来てから、ずっと怖くて……。だけど、春璃が来てくれて嬉しかった。ありがとう」

「玉瑛さまと話がしたいって、悠月さまに頼んでみるわ。玉瑛さまだって一人の女性なのだから、きっと話を聞いてくださるはずよ」

誠心誠意話をすれば、きっと分かってくれる。春璃は、そう信じてやまなかった。

限られた時間の中ではあまり多くは話せなかったけれど、李雪と面会を終えた春璃は、部屋を出て悠月の待つ広間へ戻った。

「李雪さまは、どうでしたか？」

「やはり桃女だけは嫌だと、怯えていました」

「そうですか。許嫁がいるのなら当然です。相手の方も、李雪さまが帰ってくるのを心待ちにしているでしょうし……」

「はい。ですから悠月さま、玉瑛さまと話をしたいという旨を、どうかお伝え願えないでしょうか」

悠月の話が正しいとするならば、李雪を使って試すような真似は、絶対に止めなければならない。

「もちろん伝えます。でも、会ってくださるかどうか。それにもし話す機会を作ってくださるとしても、すぐとは限らないけれど」

「構いません」

すぐに会うことが叶わないなら、強行突破も辞さない覚悟だ。栄青の気持ちがどうあれ、玉瑛が何を考えているのか分からない以上、のんびりはしていられない。なんとしても李雪を桃女から黄女に戻してもらわなければ。

十話　悲劇の幕開け

春璃が紅宝宮を訪れた同時刻。玉瑛は、帝と皇太子の住居である宮殿の前にいた。最も南に位置する大きな宮殿は、皇太子栄青が誕生した直後に建設された。当然、帝や皇太子が生活をする場として相応しい造りになっているが、豪華な見た目と違い、中はどこかひっそりとしている。

掃除や雑用をこなしている宮女はもちろんいるが、それでも静かに感じられるのは、この宮女たちに無駄話が一切ないからだろう。宮女たちは回廊を歩く玉瑛に一礼をし、また黙々と仕事を続ける。

皇太子の宮に仕える者は、華園の宮女とは別に専属の下男や下女がいる。けれど、華園の宮女たちよりも明らかに年かさの女性ばかりなのは、それなりの経験と技量がある宮女を、玉瑛が自ら選んだからだ。

そしてここの宮女が既婚女性、又は色事に興味がない者がほとんどなのは、思わしくない相手が次期皇帝である栄青の子を身籠るなどということがないよう、念のための対策だ。

玉瑛の考える思わしくない相手というのは、無論教養のない者や素性の分からない相手のことだが、それだけではなく、玉瑛が〝意のままに操れない相手〟もその範疇となる。

しかし、いくら黒女であっても桃女として迎え入れる相手までは、独断で決めることなどできなかった。先日までいた桃女は、栄青が二十歳になった時に政略的な理由で入内した者がほとんどだ。

だが、それも桃女としての役目を果たせないのなら必要ない。ただ飯を食らい、無駄な金を使って贅沢三昧な上に、皇太子の気を惹くこともできない桃女などなんの意味があるというのだ。

とはいえ、いらないから追い出すなどということは不可能なため、あらゆる策略を巡らせるのに結局長い年月がかかってしまった。けれどその甲斐あってか、謂れのない噂や罪を桃女やその家族に着せ、やっと必要のない桃女を全員この華園から追い出すことができた。

ゆっくりと足を進めながら、玉瑛は唇に薄い笑みを浮かべた。

どちらにせよ、長年待ち望んだ瞬間はもうすぐそこまできているのだから、これ以上悠長に待ってはいられない。

――無理にでも動いてもらわなければ。

宮廷の主たる三つの大きな建物は、外廷にある儀式などを行う祭殿、主殿、そして皇帝と皇太子の宮殿だ。宮殿は左右ふたつに分かれており、東側にある皇太子の宮の奥には外壁よりも高い、十三メートルほどの塔がそびえ立っている。

玉瑛が足を止めたのは、その皇太子の宮の裏手にある小さな蔵の前だ。

汚れた漆喰（しっくい）の壁から、この場所にはあまり人が近づいていないことがうかがえる。その蔵だけが雅な宮殿とはまるで別物で、訪れる誰もが違和感を抱かざるをえないだろう。

扉を開けて中に入ると、小窓から差す僅かな明かりを頼りに、玉瑛は迷わず足を進めた。

蔵の中をぐるりと見回すだけでは決して気づかないけれど、積み重なった木箱のうしろに扉があり、その扉を開けたさらに奥には、人一人が横になれる程度の狭い空間がある。

扉を閉めて狭い空間に立った玉瑛は、視線を板張りの床に向けた。そして、不自然にへこんだ部分に手をかけ引っ張ると、床の一部が開き、地下へ続く階段が現れた。

この下に部屋があることは……否、蔵の奥にある扉の存在を知る者は、玉瑛の他には帝と栄青のみ。

煉瓦でしっかりと補強された壁に手を置き、手提灯籠を片手に石の階段を下りていく。

下までたどり着くと、玉瑛はそこにあるもう一枚の扉を軽くコンコンと打ち鳴らした。

「玉瑛です」

極めて小さな声が、狭い地下の壁に反響する。返事はないが、玉瑛は「入ります」と告げて地下室の扉を開いた。

中には長椅子と机がひとつずつ置かれている。地上からの僅かな光と空気を通す小さな穴が天井にいくつか開いているが、灯りのない室内は仄暗く、夜の底にいるようだ。

「栄青さま」

玉瑛が呼びかけると、何かを隠すように屛風で仕切られた奥から、次期皇帝と言われている皇太子、栄青が姿を現した。

「何しに来た」

招かれざる客。そう言いたげな沈んだ声で、疎ましい視線を送る栄青。まるで隠れるように垂れ下がった長い黒髪。その隙間から見える白い肌と整った目鼻立ちは、どこか中性的な美しさがある。しかし、その表情に生気はなく、すべての苦痛を背負っているかのような絶望と、人を寄せつけない孤独も感じさせる。

「私がここに来る理由など、ひとつしかございません」

栄青がこの地下室にこもるようになって三年、玉瑛は度々『栄青さまが表に出ることは、皇太子殿下としての責務でございます』と、そう告げてきた。けれど、今日まで栄青がその言葉を聞き入れることはなかった。

「陛下の容態があまり思わしくない今、ここで皇太子として、いえ、次期皇帝としての権威を示さなければ、百年以上にわたって曹家が築き上げてきた秩序を乱す者が現れるかもしれません」

「権威などどうでもいい。何を言われようと、私の意思は変わらない」

何度も聞いてきた台詞と共に、ため息を吐きながら栄青が椅子に腰を下ろすと、玉瑛は細めた目で屏風を一瞥してから続けた。

「昨日、形だけの桃女は一掃し、一人の宮女を新たな桃女としました。その者は、これまでいた貪欲な女たちや政治的理由で桃女となった女たちとは違い、純粋で心の優しい宮女です」

「だからなんだ」

「明日、栄青さまには、そのお方のところへお渡りになっていただきます」

「ふざけるな。桃女が誰に代わろうと、今後一切華園へ行くつもりはないと言っているだろ」

そう言い放つ栄青。

「いいえ、栄青さまに興味がなくとも、行っていただかなければなりません。そうでなければ……」

ふっと一瞬唇を綻ばせた玉瑛は、栄青を見つめながらそっと屛風に手を触れた。

「春璃を、華園の宮女にした意味が、なくなってしまいます」

玉瑛の言葉を耳にした直後、栄青の顔が強張り、一瞬にして色が失われていく。

「今……なんと……」

石のように固まっている栄青を、玉瑛は見下ろした。

「黄女として、華園で働いていますよ。春璃は」

刹那、呆然としていた栄青の表情が、驚愕と怒りに歪んだ。

「どういうことだ！　何を企んでいる！」

立ち上がり、身を震わせて憤激する栄青の反応は、玉瑛の狙い通りであった。思わず笑みをこぼしそうになったが、玉瑛は表情を変えずに答える。

「栄青さまは勘違いしておられるようですが、私は何もしていません。確かに書簡は送りましたが、宮女になりたくないのなら来なければよかっただけの話。華園で働くと決めたのは春璃自身ですよ」

「貴様……」

下げた両手の拳を震わせながら、栄青は射貫くような鋭い眼差しで玉瑛を睨みつけた。

「私は何を言われても構いませんが、私の命令で動く宮女官吏はたくさんいます。その数はおそらく、長年姿を見せていない栄青さまよりもずっと多いでしょう」

「何が言いたい……」

皇太子という立場にもかかわらず、理由が分からないまま自分の仕事を放棄し、引きこもる。それが宮廷で働く者たちにどう映るのか。あるいは、身勝手で我儘だと感じる者もいるかもしれない。

「皇帝陛下を支えながら外廷にも顔を出し、華園を取り仕切る私と、姿なきあなた様の声。部下はどちらの命を聞くでしょうか」

「脅(おど)しか」

「いえ、真実を告げているまでです」

華園にあるすべての命は、自分のひと声でどうにでもできる。玉瑛は、そう言いたげな眼差しを栄青に向けた。

「……ですが、栄青さまが表に出られ、これから皇太子としての責務を果たしていけば、私の権限など栄青さまの足下にも及ばないでしょう」

「なるほど。貴様は私を政務に復帰させるためだけに、わざわざ春璃にまで書簡を」

「何をおっしゃいますか。それだけではございません。栄青さまが急ぎなすべきことは政務への復帰と、それからお世継ぎのご誕生です」

「私は、世継ぎなどいらん。そんなもの、高紫（コウシ）に――」

「栄青さま！　皇帝となるお方は栄青さまのみ、代わりなど誰もおりません」

珍しく声を荒らげた玉瑛だが、すぐに気持ちを鎮め、いつもの能面へ戻る。

「ですが、栄青さまがずっとこのままなのであれば、その手立ても考えなければなりませんね。曹家の他の御方に、華園の宮女をあてがうなど……」

その言葉の中にある企みを伝えるかのように、冷酷な視線を栄青に向けた。

強く唇を噛んだ栄青は、従うよりほかない。玉瑛にはそれが分かっていた。

「お分かりいただけたようですね。では明日、使いの宮女を向かわせますので、夕刻までにはここを出て宮殿にてお待ちください」

頭を下げる玉瑛を見届けることなく、栄青は屏風の奥へと消えた。

――これでようやく、止まっていた時間が進む。

地下室を出た玉瑛は、何事もなかったかのように蔵を出たあと、華園へと戻って行った。

　悠月（ユウゲツ）から知らせを受けたのは、仕事を終えて明明（メイメイ）と二人で食堂に入った頃だった。僅かだが時間を作るとのことで、夕餉を後回しにした春璃は、悠月と共に急ぎ黒女の執務室へ向かう。

　華園の中央付近に建つ棟の間口を通り、回廊を奥へ進むと、悠月が執務室の扉の前に立っている守衛に面会の旨を伝え、春璃だけが中へ入ることとなった。

「こんな機会は滅多にありませんから、後悔のないようにすべてをぶつけてきてください」

「そうですよね。分かりました」

　悠月の言葉を胸に、閉められた扉の前で一度深呼吸をした春璃は、李雪（リセツ）だけでなく朱夏（シュカ）の顔も思い浮かべながら奥の部屋へと足を進める。

　事情を話し、分かってもらえるまで、とにかく懇願するしかない。

　意思を固めた春璃は、机に向かって視線を下げている玉瑛の前に立った。

「黄女の春璃です。本日は、玉瑛さまにお話ししたいことがあり——」

「あなたがここで何を言おうと、決定は覆りませんよ」

　まるで、春璃がなぜここに来たのか分かっているかのように、強制的に発言を遮られた。

　対峙して数秒で、春璃の心に焦りが生まれる。

「……え。いえ、聞いてください。李雪は」

「覆らないと言ったはずですが、聞こえなかったのですか。どんな事情があろうと、明日には皇太子さまのお渡りがあり、李雪さまは晴れて名実共に桃女となります。分かったら仕事に戻りなさい」

　玉瑛は書類に視線を落としたまま、いまだ目さえ合わせようとしない。真摯に話をすれば理解してくれると信じていたが、実際はそれ以前の問題だった。

　聞いてさえもらえない状況に春璃の気持ちは乱れそうになったが、このまま何も言えずに終わるわけにはいかない。

「お待ちください。李雪には許嫁がいるのです」

　遮断される前に一番重要な真実を告げたが、ようやく顔を上げた玉瑛の目つきは、酷く冷めていた。だからなんなのだと言いたげな視線だけれど、それでも春璃は続ける。

「桃女なら、なりたいと願う宮女が華園には大勢いると思います。恐れながら、特段の理由もなしに、わざわざ許嫁がいる李雪を選ぶ必要はないと思います」

「理由はないと、なぜ分かるのです。まるで、誰かがそう言っていたかのような口ぶりですね」

　射貫くような玉瑛の視線に、一瞬背筋が凍った。

　試すために誰でもよかった。李雪を桃女にしたことについて、そう教えてくれたのは悠月だ。変に動揺すれば、悠月に疑いがかけられてしまうかもしれないと危惧した春璃は、心を鎮めて玉瑛を見つめ返す。

「いえ、理由が分からないからそう申し上げただけです」

「まぁ、いいわ。それよりも、皇太子殿下に新たな桃女をというのは、陛下のご指示です。まさか、陛下の命は間違っているとでも言いたいのですか」

「いえ、決してそういうわけではございません」

――駄目だ、このままでは李雪が。

何を言っても玉瑛の心には響かない。この短時間でそれを痛感したけれど、だからといって引き下がるわけにはいかない。それならば……。

「私を……李雪の代わりに、私を桃女にしてください」

李雪の幸せを守るためには、こうするしかない。幸い、自分には許嫁も待っている家族もいないのだから。

「あなた、ご自分が何を言っているのか分かっていますか」

「はい。私が桃女になる代わりに、李雪を黄女に戻してください」

今度は迷いなくそう伝えると、少しの沈黙のあと、玉瑛は一瞬だけ口角を僅かに引き上げた。

「……分かりました。皇太子殿下に話をしてみましょう。そうですね、今夜にでも」

「本当ですか？」

声を上げると、玉瑛は机の上に置かれた書状の数々に視線を下げながら、唇に微笑を浮かべる。

「嘘をつく必要などないでしょう。話はこれで終わりです。それとも、他に何か聞きたいことでも？」

朱夏の顔がよぎった。玉瑛なら間違いなく朱夏を知っているはずだが、今は李雪のことを第一に考えたほうがいい。

「いえ、何もございません。では、すぐにでもその旨を李雪に知らせてあげてください」

朱夏のことを持ち込むことにより玉瑛の機嫌を損ね、今の話をなかったことにされてしまうかもしれないと懸念した。それよりも、李雪を安心させるほうが先だ。

「分かりました。このあと李雪さまとお会いする予定なので、その時にでも」

約束の時間が経過し、外にいた守衛が扉を開けた。

「どうか、李雪のことをよろしくお願いいたします」

春璃は念を押すように再度そう訴え、執務室をあとにした。

桃女になりたいという宮女の気持ちは分からないけれど、今の自分が誰かを想い、その誰かと幸せになるようなことを、春璃は想像していない。

朱夏を見つけることだけが使命であり、願いなのだから。会ったこともない皇太子との夜伽など、どうということはない。

悠月の言った通り、玉瑛が受け入れてくれたことに安堵しているはずなのに、指先が震えるのはなぜだろう。この決意に嘘偽りなどないはずなのに。

黄色い衣を強く握った春璃は、高まる恐怖心から逃げるようにその場を立ち去った。

「失礼いたします。お呼びでしょうか」

呼び出した悠月が春璃と入れ替わるようにして執務室にやってくると、玉瑛は筆を置いて立ち上がった。

「紅宝宮に、青女と黄女が入るところを見ていた者がいます。ずいぶんと勝手なことをしたようね」

「恐れながら、私は青女です。青女は桃女のお世話をするのが役目。李雪さまが悩まれていたので、私は——」

「言い訳は結構」

「申し訳……ございません」

怒鳴られたわけではないが、ズンと重くのしかかるような声に、悠月は反論をやめて頭を下げる。

「まぁ、今回のあなたの行動は注意だけにとどめておきます」

玉瑛は悠月の肩を軽くぽんと叩き、そのまま長椅子に腰を下ろした。

「では、その……春璃の要望通り、李雪さまは黄女に戻るということでしょうか」

悠月が問うと、玉瑛は赤い唇に不敵な笑みを浮かべる。

「いいえ、予定通り明日、皇太子殿下には李雪さまのもとへお渡りになっていただきます」

「えっ……。し、しかし春璃は」

「桃女交代の旨を皇太子殿下に伝えると言ったら引き下がったけれど、そんなことするわけがないでしょう。というより、宮女の階級を決めるのは皇太子殿下でも陛下でもなく私です。黄女に言われたから私が決定を覆すなど、あり得ません」

「そんな……」

「あなたがそう気に病むことはないわ。あなたは自分のやるべきことを粛々とこなせばいいのよ。そうね、まずはここに李雪さまをお連れしなさい」

表情を隠すようにうつむいた悠月の肩が、僅かに揺れているように見える。怒りか悲しみか、それとも別の感情か。

「……分かりました」

だが、疑問や怒りや不信感が湧いたところで、自分ではどうすることもできないと分かっているのか、悠月は素直に指示に従った。

「失礼いたします」

しばらくして執務室に入ってきた李雪の声は、震えていた。心細いのか、背中を丸めたまま視線を左右に泳がせている。

「どうぞ、こちらへ」

玉瑛は先に李雪を長椅子に座らせてから、話を切り出した。

「本来なら私が紅宝宮に出向かなければならないところを、お呼び立てして申し訳ございません」

「えっ、あ、いえ……」

これまでとは明らかに違う玉瑛の態度に、戸惑う李雪。

「明日、李雪さまのもとへ皇太子殿下のお渡りがあります。その際まずは、湯殿にてお体を清めていただき――」

「あの、ま、待ってください。えっと、私はその……」

なんの覚悟もできていないのだから、矢継ぎ早に説明されて混乱するのも無理はない。

が、玉瑛は躊躇なく続けた。

「聞いていますよ。許嫁がいると」

「はい。それで、その……」

「関係ありません。許嫁がいようがいまいがどうでもいいことです。自分が桃女になる代わりに李雪さまを黄女に戻してほしいと要求してきた宮女もいますが、それも関係ありません」

「……え、あの、ですが」

春璃が、自分の代わりになると申し出たことを知った李雪は一瞬目を見開いたが、それ以上に『関係ない』という現実が李雪の心を激しく動揺させているのだろう。胸の前で握っている手が震えている。

「お分かりいただけましたか？　皇太子殿下の子を身籠ることが、急ぎ課せられた李雪さまのお役目にございます」

その瞬間、李雪の蒼ざめた顔が強張り、瞳が小刻みに揺れる。

「で、できません！　子など……そんな……」

立ち上がり、悲鳴に似た声を荒らげた李雪を、玉瑛は冷めた目で見上げる。

「私は、年季を終えたらあの人のもとへ戻り、婚儀を行うのです。だから、どうか桃女だけはお許しください！」

声を震わせながら必死に訴える李雪の目から、涙がこぼれ落ちる。

けれど、涙などただの雫にすぎないと言わんばかりに、玉瑛は首を横に振った。

「李雪さまは宮女になる前、何を学んだのです。あなた方は華園に入った時点で国のため、皇太子殿下のために尽くすと、そう宣言しているようなものなのですよ。黄女であろうと桃女であろうと、全員が与えられた仕事をまっとうし、皇太子殿下のために誠心誠意仕えなければならないのです。拒否権などあるとお思いですか？」

李雪は、もう声も出せなくなっていた。ただただ震えながら、勝手に入ってくる玉瑛の言葉を聞くことしかできない。

「私は、皇帝陛下から直々に華園の一切を任せられています。どうしても嫌だというのであれば仕方ありませんが、ただし、命令に違背（いはい）した罪に問われることとなります。もちろん、その場合はご本人だけでなく、ご家族にも責任を負っていただきますが」

淡々と告げる玉瑛の言葉に、李雪の瞳に残っていた光が消えた。ほんの僅かな希望さえも感じられない表情から、暗闇に包まれた李雪の心情が伝わってくる。

だが玉瑛は、それでも僅かな動揺も同情も見せずに、微笑んだ。

「どうやら、お分かりいただけたようですね。つきましては、紅宝宮に仕える黄女を早急に選びますので、今しばらくお待ちください」

そう呼びかけるも、許嫁との未来が跡形もなく霧散した李雪には、もう何も届いていない。抜け殻のようになった李雪は、悠月に支えられながら執務室をあとにした。

——それでいい。無欲で純粋。それでいて、春璃に近しい宮女を〝あえて〟桃女に選んだのだから。

ほくそ笑む玉瑛。

今回李雪を桃女にした理由のひとつは、栄青の心を動かすためだが、もうひとつは、友人である李雪が桃女になることで、春璃がどんな行動をとるのか。それを考えたからだ。

姐に似て正義感の強い春璃は抗議するだろう。

ただ、黄女がどれだけ意見しようと、ただの独り言でしかない。ならば次に考えるのは、黄女よりも上の身分になることだろう。そうすれば、己の主張が通ることもあるかもしれないからだ。

しかし、宮女の階級を決めるのは黒女の役目。玉瑛に身分を上げろと言ったところで無駄だということは春璃も分かっているはず。となると、選ぶ道はひとつしかない。

玉瑛はすでに、宮廷に現れたもう一人の皇子である高紫と春璃が、親しげに話していたという情報を得ていた。

二人の間に何があったのかは不明だが、春璃が頼るとしたら高紫だろうと睨んでいる。だとしたら、栄青を政務に復帰させたあとで、二人まとめて葬ることも不可能ではない。

華園は、愛憎渦巻く女の園。あるいは、自分の手を使わずとも……。

玉瑛は格子窓のほうを向き、僅かに開いた唇の端を引き上げ、妖しげに微笑んだ。

十一話　愛に消えた白雪

桃色の襦裙を身に纏っている李雪は、折りたたんだ紙を手巾で包み、それを胸元に入れた。そして寝台の上にある白い布を手にし、寝所を出た。

紅宝宮は、一人で住むには広すぎる。

冷えた回廊を歩いて階段を下りた李雪は、布を引きずりながら、おぼつかない足取りで宮の外へ出た。

「雪……」

もしも今夜、雪が降っていなかったら、あるいは思いとどまったかもしれない。

怖くて、勇気が出なくて、寝台の上で震えているだけだったかもしれない。

でも……。

空を仰いだ李雪は、降りしきるこの冷たい雪に、背中を押されているような気がした。

どこに行くかは決めていない。どこに行こうと、城壁に囲まれた檻の中から出ることはできないのだから。

李雪は自分が裸足だということも忘れ、ただひたすらに歩いた。守衛の姿を見つけては隠れ、誰にも見られないように。

新雪に残る小さな足跡も、降り積もる雪がすぐに隠してくれる。

足の感覚も体の感覚も、次第に感情さえも失くしていく中、気づけば黄女たちが眠っている棟の近くまで来ていた。

——春璃（シュンリー）……明明（メイメイ）……。

二人の優しい顔を思い浮かべた李雪は、側に立っている大きな木を見上げた。

雪の輝きによって、闇に浮かび上がる華園の宮や棟。

初めて目にした時は、その絢爛さに興奮を覚え憧れさえ抱いたけれど、今の李雪には恐ろしいものにしか見えない。

もう、何も見たくない。

そう思った瞬間、李雪の視線の先に妙なものが映った。

真っ白な雪の中に見えたのは、まるで血のように揺れる紅。

幻か、見間違いかもしれないが、これ以上はもう何も考えられなかった。

李雪は、白雪の中でゆっくりと目を閉じる。

——私は、あなただけを愛しています。永遠に……。

凍てつくような寒さのせいか、春璃と明明は同じ夢を見ていたかのように、揃って目を

覚ました。闇深い丑の刻、他の黄女は皆ぐっすりと眠っている。

起き上がった春璃と明明は、そのまま二人で厠へと向かうことにした。

棟は古く質素だが、黄女の人数に合わせて部屋数は多く、それに伴って廊下も随分と長いけれど、厠は各棟にひとつしかない。しかも新人の部屋は厠から一番遠い場所にある。

「なんだか今日はいつもよりずっと冷えるわね。綿入れを着たほうがよかったかも」

両手で自分の体を擦りながら、まだ少し眠そうな声で呟く明明。

確かに、今宵の寒さは華園に来てから一番かもしれない。生まれ育った村もこの時期はとてつもない寒さになるが、それに匹敵するほどだ。

帝都は寒くないと勝手に想像していたけれど、どうやらそうでもないらしい。二人共背中を小さく丸め、視線を冷えた廊下に向けながら歩いた。

「本当ね。雪でも降りそうな空気だけれど」

そう言いながらふと顔を上げて庭に目を向けた春璃は、不意に足を止めた。

少し先を歩く明明は、春璃が来ていないことに気づき、振り返る。

「どうかしたの？　寒いから早く行こうよ」

「明明、見て」

春璃が指をさした方向に視線を移した明明は、目を大きく見開いた。

「嘘、雪じゃん」

降り積もった雪が、華園一面を真っ白に染めている。

　やはり帝都ではあまり降らないのか、明明は何度も瞬きし、廊下の柱に手を添えながら前のめりになっている。

　見慣れているはずなのに、白く輝く美しい粉雪を前にした春璃の心に、懐かしさがこみ上げてくる。同時に、目に映る光景になぜか少しの寂しさを覚えた。

　しばらくの間二人並んで眺めていると、春璃は庭に降り積もる雪景色の中に、どこか違和感を覚える。

　食い入るように凝視すると、突如として心臓に突き刺すような衝撃が走った。

　全身の血が冷え、鼓動が速まる。

「春璃？」

　前を向いたまま固まっている春璃に気づいた明明が、首を傾げてのぞき込んだ。

「ちょっと春璃、どうしたのよ」

　明明が春璃の腕を摑む。

　声を出そうにも、唇が震えて動かない。突然襲ってきた恐怖と絶望に、呼吸が荒くなる。

　——違う、そんなはず……。

　強く否定したいのに、頭が働かない。

　春璃は右手をゆっくりと上げ、視線の先にあるものを人差し指で示した。明明は春璃の指先を辿るようにして視線を送る。

「えっ……」

明明にも見えたのか、一瞬にして表情を強張らせた。

闇夜を照らす白雪の中に、一か所だけ別の色が交ざっている。それは、建物や木々などではなくて――。

「………」

僅かに開いた唇から息を漏らすと、体中に戦慄が走った。春璃は、胃の底からせり上がってくるような吐き気を必死に耐えながら、無理やり足を一歩前へと進める。

――違う。ただの見間違いだ。違う、違う、違う。

一歩、また一歩と歩きながら強く願ったけれど、その姿をはっきりと捉えた瞬間、春璃は咄嗟に駆け出した。

「春璃！　待って！」

呼び止める明明の声も耳に入らず、雪に足を取られ、何度も何度も転びながらもその場所を目指して走った。

吸い込む空気は凍てついていて、肺から全身が凍っていくような感覚。氷に包まれているかのように手足は痺れ、感覚はとっくになくなっている。

それでも春璃は、走った。

「……っ」

叫びたいのに声は出ず、代わりに、溢れ出る涙が止まらない。

毒を飲まされているかのような息苦しさのまま、一心不乱に突き進み、春璃はようやく足を止めた。

　肺が押し潰されたように苦しい。

　こぼれ落ちる涙に歪む視界。

　そこに映ったのは、雪化粧を施した木々の間で静かに浮かぶ美しい桃色の衣……李雪だった。

「李雪！」

　降りしきる雪の中、春璃の悲痛な叫びが轟く。

　浮かんでいるのではない。太い枝に巻きつけた白い布で、李雪は首を……。

　深い悲しみの底に突き落とされた春璃は、崩れ落ちるようにして銀雪に膝をつく。

　信じがたい光景を前に、身動きが取れないまま視線だけを李雪に向けた。

　すると、追いかけてきた明明が小さな悲鳴を漏らす。

「な、なんで……李雪！　李雪！」

　明明もまた、想像を絶する光景に叫び声を上げた。

「わ、私、誰か、呼んでくるから」

　気が動転しながらも、とにかく助けなければと、明明は再び駆け出した。

「李雪……」

　ゆっくりと立ち上がった春璃は、そっと手を伸ばし、垂れ下がっている李雪の手に触れた。いつからここにいたのだろうか。手は氷のように冷たく、顔は白雪に溶け込むように色をなくしている。

風によって雪が舞い上がり、桃色の裙を静かに揺らした。

速まった鼓動が落ち着くことはないが、春璃は必死に息を整える。脈を確認しようとするも、固くなった手首からは何も伝わってこない。体温を、まるで感じない。

信じたくはないけれど、命が尽きていることは明白だった。

「寒いよね……苦しいよね……」

手を握ったまま春璃が声をかけると、李雪の襟元から、何かがするりと滑り落ちた。

手を伸ばして拾い上げると、それは手巾だった。両手で手巾を握ると、「クシャッ」という布ではない感触が手のひらに伝わってきた。

春璃は、柔らかな手巾をそっと開く。すると、中に入っていたのは一枚の紙。

【愛するあなたへ】

目に映った文字に春璃がハッと息を呑んだ瞬間、背後から微かに声が聞こえた。振り返ると、小さな灯りがふたつ、こちらに近づいて来るのが見える。

春璃は紙をたたんで再度手巾で包み、咄嗟に自身の胸元へ隠した。

灯りが近づくにつれ、それが明明と龍威(リュウイ)だと判明する。

「こ、これは……」

龍威は、雪の中を転びながら走っている明明をたまたま見かけたのだと言うが、彼もまた、衝撃の光景を前に立ち尽くす。

「龍威！」

だが、急かすような明明の声で我に返った龍威は両手を伸ばし、李雪の体に触れようとした直前でぴたりと止めた。

「お願い、早く李雪を運んで」

明明が龍威の腕を強く摑んだ。

「いや……他に助けが来るまで待とう」

「は？　なんでよ、李雪をこのままにしろっていうの？」

興奮して詰め寄る明明の目からは、大粒の涙がこぼれ落ちていた。

「そうじゃない。原因が分からない以上、事件ということもあり得る。だとすると、むやみに触らないほうがいい。何かあれば明明たちが疑われる可能性だってあるだろ」

龍威の言う通りだ。何も分からない状態で動かすのは賢明ではない。そう頭では分かっているけれど、本当は一刻も早く李雪を下ろしてあげたかった。思い切り、抱きしめてあげたい。

「そんなこと言われたって、李雪が可哀想だよ！」

「とにかく、守衛を呼んでくるから待っていてくれ」

龍威がそう言うと、春璃は泣きじゃくる明明の体をそっと抱き寄せて頷いた。

身を寄せ合う二人の体は、震えていた。なぜこんなことになったのか、なぜ李雪がこんな目に遭わなければならないのか。李雪には、大切な人と幸せになる未来が待っていたのに。

「李雪を黄女に戻すよう、玉瑛さまと話をしたのに……」

いまだ止まらない涙を拭い続ける明明を前に、春璃は今日の出来事を思い返して呟く。

自分が桃女になる代わりに李雪を黄女に戻してほしいと願い出て、玉瑛は確かに、

『皇太子殿下に話をしてみましょう。そうですね、今夜にでも』

そう言ったはずだ。

自分は安易に信じてしまったけれど、あれは本心だったのだろうか。

嘘をつく必要はないが、春璃の言葉を受け入れる必要も玉瑛にはない。気位の高い玉瑛が、黄女の言葉を簡単に受け入れるなどということは、本当にあり得たのか。それに……。

『このあと李雪さまとお会いする予定なので、その時にでも』

あの言葉が本当なら、李雪がこのような形で命を落とすことはなかったはず。だとすると、一番考えられる可能性は……。

玉瑛は、李雪を黄女に戻す気など端からなかった。むしろ、そのことを李雪に直接告げたとしたら。

その答えが脳裏をよぎった瞬間、激しい怒りと悲しみに体が震えた。

「春璃……」

自ずと沸き上がる憎悪に唇を噛みしめていると、明明がそっと春璃の手を握った。何が起きているのか分からない不安と恐怖に耐えながら、潤んだ瞳を春璃に向けている。

明明に心配をかけないよう手を握り返すと、遠くで揺れている幾つもの灯りが目に映った。多くの兵と、恐らく黒女もあの中にいるだろう。

春璃は心を鎮め、李雪の悲しみを受け止めるように、自分の胸元にそっと手を触れた。

十二話　すべては手のひらの上で

「それは……どういうことでしょうか」

東の空が薄っすらと明るくなりはじめた頃、春璃たちは古びた講堂の中にいた。ここは宮女になる前のひと月の間、李雪らと共に学んだ場所だ。

春璃と明明、龍威の他にも、あの場に駆けつけた悠月と、現場を目撃した官吏や守衛や宮女も全員が講堂に集められ、玉瑛の言葉を聞いている。

「たった今、申した通りです。聞こえませんでしたか？」

春璃の問いかけに淡々とした口調で答える玉瑛。

雪の中で首を吊って死んでいた李雪を発見したあと、守衛が現れ、李雪の遺体は運ばれた。その後、玉瑛が同行し、夜中のうちに李雪は家族のもとへ帰されたのだと言う。

宮女たちが寝静まっている真夜中だったこともあり、この場に集められた宮女以外は、まだ李雪が亡くなったことを知らない。もちろん鈴花もだ。

「こんなこと、ご家族が納得するはず――」

「納得していただきましたよ」

「そんな……。いったいどう説明したのですか」

「あなたに言う必要はありません」

おそらく、真実を捻じ曲げて家族に伝えたか、もしくは納得せざるを得ない言葉で脅したのだろう。帝の命とあらば、誰も逆らうことなどできない。

「もう一度言います。先ほど見たことは、すべて忘れなさい。あの宮女は華園を去ったのです」

「忘れろだなんて、そんなことできるわけない！」

降り続けた雪はやがて吹雪となり、まるで春璃の怒りを表したかのように激しい音が講堂の外から聞こえている。

「できるかできないかではない。私は忘れなさいと申し上げたのですよ。あなたたちは何も見なかった。華園では何も起こらなかった」

まるでそれが真実かのように、玉瑛は心を露ほども乱さずに言った。外部に口外するようなことがあれば、家族も含めてそれ相応の罰を受けてもらうと。

「これはお願いではなく、すべては皇帝陛下のご命令です」

威厳のある声を向けられ、多くの者は揃って頭を下げた。だが春璃は、玉瑛を直視したまま決して頷かない。明明も龍威も同じように、頷くことはなかった。

玉瑛は皇帝陛下の命令だと言ったが、そんなはずはない。少し考えれば分かることだが、皇帝の言葉を伝えるのも、また承認を得ることも、そう早くはできないはずだからだ。幾つかの手続きを経て、初めて実行される。むしろ、床に臥しているとされる帝と面会すること自体が、今は容易ではないだろう。

それなのに、李雪の遺体を見つけてすぐに家族のもとへ帰すなど、その場の判断で動いたとしか思えない。緊急のため、帝には事後報告をしたのかもしれないが、玉瑛がすべて指示したということで間違いないだろう。首を吊っていた遺体を見たにもかかわらず、事故による凍死と判断されたこともそうだ。

「私は受け入れられません。玉瑛さまは昨日、李雪になんと伝えたのですか。私との約束を、守ってくださったのですか」

春璃は、気を緩めたら取り乱してしまいそうになる感情を必死に抑え、冷静に問う。事件の可能性もあったが、李雪が残した文の内容から、春璃は他殺ではなく自殺だったと確信している。だがそうなると、玉瑛が李雪を黄女に戻すと伝えていれば、このような悲劇は起こらなかったはずだと考えてしまう。

「約束？　なんのことでしょう」

あくまでしらを切る玉瑛の態度に激しい怒りがこみ上げ、春璃は膝にのせた両手を爪が食い込むほど握りしめる。

だが一方で、春璃は自分を責めていた。玉瑛の言葉を、なぜあんなにも簡単に信じてしまったのかと。

これまで自分の目で見た玉瑛からは、冷徹さと恐ろしさしか感じられなかった。人に対する温かみや思いやり、人情など持ち合わせていないと分かっていたのに。

それでも、どこかで信じたかったのかもしれない。悠月も『信じましょう』と言っていたのだから、どんなに残酷で冷淡な人でも、真剣に向き合えば分かってくれると。

だが、優しい人たちに囲まれて育った春璃の考えは、ここ華園では通用しないのだと、ようやく理解した。

落ち着けと自分に言い聞かせながら、春璃は、両手を胸の真ん中で重ねた。そこには、李雪が残した文が入っている。


〝愛するあなたへ。

私は、黒女玉瑛さまから桃女になるよう言われました。辞退したいと申し出ても受け入れてもらえず、許嫁がいると訴えても関係ない、どうでもいいことだと聞いていただけなかった。

私は、会ったことのない御方と夜伽など、できません。

何より、私には愛する人がいます。

このまま桃女となり、子を産み、華園の中で生きていくことなどできない。

だから、愛する人を裏切ってしまう前に、この愛を永遠に残したい。

変わらぬ愛を抱いたまま、あなたのもとへ帰ります。〟

あの文を読んだ時、弱々しく震えた文字から、恐怖と悲しみに満ちた李雪の叫びが伝わってきた。

同時に、これまで感じたことのない激しい憤りと、そして大きな悲しみが襲ってきた。怒りで体が震えたのは、初めてだ。

「これは、李雪が遺した文です」

春璃が、懐に隠していた文を取り出して見せると、講堂内は一気に騒然となった。次の瞬間、咎めるような玉瑛の鋭い眼光が春璃の手元を刺す。

「どこでそれを？」

「李雪の衿元から落ちたので、私が拾いました」

「なるほど、隠蔽したということですね。ですが、それが本当の遺書だという証拠は？」

「証拠も何も、私は間違いなくこの目で、この文が李雪の衣から落ちるのを見ました。筆跡を調べていただければ、李雪が書いたものだと分かるはずです。それにこの内容は、李雪の死因が自殺だったことを示す重要な証拠です」

「筆跡など、いくらでも偽れます。それに先ほどから申し上げているでしょ、事故死だったと。あなたたちのやるべきことは無駄な詮索ではなく、今回の件をすぐに忘れることです」

玉瑛は、蛇のように細めた冷酷な視線を向けながら冷たく言い放った。

この人は、本当に血の通った人間なのだろうか。

「これを読んだとしても玉瑛さまは何も感じず、少しも心を動かされないと言うのですか？」

そう訴えると、玉瑛は静かに足を進めて春璃の前に近づいた。

二人の視線が間近で激しくぶつかり合った刹那、玉瑛は春璃の手元から遺書をサッと奪った。

「何をなさるのですか！」

すぐさま手を伸ばす春璃。側にいた明明もまた同じように遺書を取り返そうとするが、玉瑛の目配せによって動き出した紫女が、二人を取り押さえる。

「読む必要など、ありません」

そう言って玉瑛は、皆の前で遺書を引き裂いた。

「やめて！」

予想外の行動に動転した春璃は必死に抵抗したけれど、玉瑛は手を止めなかった。小さく破かれた紙が、春璃の目の前でパラパラと床に落ちていく。

「そんな……なぜ、どうしてこんなことを」

力を失くして膝をつく春璃の横で、明明は血相を変えて玉瑛に摑みかかろうとしたが、それを止めたのは龍威だった。

「放してよ！　あの文は、李雪の大切な人のもとへ届けなきゃいけなかったのに！」

涙を浮かべながら抵抗する明明を、龍威が必死に押さえている。

怒りと悲しみに満ちた表情を浮かべる二人とは対照的に、玉瑛は唇を僅かに引き上げた。

「話はこれで終わりですが、勝手な行動を取ったあなたたち二人には、少し反省してもらう必要がありそうね」

「……えっ」

膝をついたまま、春璃は顔を上げた。

「お待ちください、明明は関係ありません！」

明明までもが罰を受けることになったらと思うと、春璃は落ち着いてなどいられなかった。頭に血がのぼり、李雪の姿を見つけた時の絶望が蘇る。

「二人を牢へ」

たったひと言そう残し、玉瑛は顔色ひとつ変えずに講堂を出て行った。

「待って！」

守衛によって講堂から連れ出される寸前、振り返った春璃の目に映ったのは、明明に寄り添っている龍威の姿。それから、床に膝をつき、小さくなってしまった紙切れを複雑な表情で拾い上げる悠月。その手は、微かに震えているように見えた。


湿った空気に、鼻を突くようなカビの臭い。壁の上部に僅かながら開けられた穴から、冷たい風が入り込んでくる。

連行されたのは、華園の北門側にある建物の地下牢。春璃は目の前にある格子を見つめながら、二度と戻らぬ友を思っていた。

『今は華園の宮女になってよかったって思ってるの。だって、春璃と明明に会えたから』

あの時見せた李雪の柔らかな微笑を思うと、涙が止まらなくなる。もっと他にいいやり方があったはずだ。玉瑛のことなど信じず、李雪を華園から逃がしてやる方法もあったかもしれない。

だが、どれだけ悔やんでも李雪は戻ってこない。ならば、真実を公にすることが自分のやるべきことなのではないだろうか。李雪のためにも。そうでなければ、きっとまた同じような悲劇は起こる。

玉瑛が、黒女である限り。

感情的になっていては前に進めないと、春璃は複雑に絡み合った気持ちを少しずつ落ち着かせた。李雪を失った悲しみが消えることはないが、李雪のためにも立ち止まってはいられない。

ふーっと息を吐き、冷たく狭い石の壁を見回した。

華園にこのような地下牢があるなんて、幽閉されなければ知らないままだっただろう。宮女ばかりの華園に、地下牢を設ける意味はなんなのだろうか。規則違反した者を戒めるためだとしたら、ここまでする必要があるのか。

だいたい、宮女の規則違反などたかが知れている。外部への口外か、兵や役人との密通か。そうだとしても、地下牢に閉じ込める必要などなく、暇を出せばそれで済むことだ。

いったいなんのために造られたのか。考えているうちに、ふと朱夏（シュカ）の顔がよぎった。

自分が玉瑛に反論したように、朱夏と玉瑛の間に何かしらの揉め事があったとしたら、朱夏もここに幽閉されていた可能性もある。

朱夏は優しい人だ。理不尽な扱いを受けている宮女や苦しんでいる宮女がいたとしたら、放っておくはずがない。毅然とした態度で玉瑛に抗議する朱夏の姿が、容易に浮かぶ。

今の自分と同じように幽閉され、そのあとはどうなるのか……。

不穏な空気が背筋を冷たくした時、静寂に包まれた地下牢に小さな足音が聞こえた。

コツコツという音が次第に大きくなるにつれ、心臓の音が激しさを増していく。

だがこの鼓動は、身の危険を感じているからではない。もしかすると、このまま何もできずに自分の命が終わってしまうかもしれないという恐れからくるものだ。

李雪の無念を晴らすためにも、ここで負けるわけにはいかない。そして、朱夏を必ず見つけ出す。

強く拳を握りながら顔を上げると、その目に映ったのは……。

「ずいぶんと盾突いたようだな」

そう言って薄く笑みを浮かべる高紫（コウシ）だった。地下牢に相応しくない、紫色の官服姿の高貴で美麗な高紫を前に、春璃は愁眉を開いた。

現れたのが高紫だったことに安堵したが、のんびりはしていられない。

「高紫さま、あの、明明が今どこにいるかご存じでしょうか」

自分のことよりも明明の身を案じている春璃は、地下牢の縦格子を両手で握りながら詰め寄った。

「どうか明明をお願いします。出してやってください。あの子は何もしていないし、遺書を隠したことについても、私が一人でやったことなんです！」

すると高紫は、春璃の昂った感情を抑えるように彼女の手に自分の手をそっと重ねた。

「落ち着け」

大きな手から伝わる体温が、少しずつ気持ちを鎮めていく。

「事情はすべて龍威から聞いた。明明なら大丈夫だ」

春璃が講堂から連行されたあと、同じように明明を連れ出そうとしていた守衛を、龍威が制止した。

華園の警備のみを行う守衛よりも、皇子の側近である龍威のほうが立場は上。したがって明明は龍威が連れ出し、自分に話を通して形だけの厳重注意を受けたあと、今は仕事に戻っていると高紫は言った。

「玉瑛が何を言おうと、帝位継承者である俺の言葉のほうが上だからな」

高紫の言葉に気が緩んだ春璃は、緊張から解放されたようにその場に座り込む。

「よかった……。ありがとうございます。本当に、ありがとうございます」

これで解決したわけではないが、明明が無事だということが分かり、ひとまず安堵する。

「春璃、お前はこの一連の出来事を、どう思う」

「どう……とは？」

「なぜなんの罪もない宮女の命が奪われなければならなかったのか、なぜそれをなかったことにされたのか」

華園は、曹家の血筋を守るため、皇太子のために造られた。だが、皇太子は桃女、つまり自分の妃嬪に一度も手をつけなかった。この危機を脱するため、桃女を一掃し、新たに選ばれたのが李雪。

「皇太子さまのお世継ぎを儲けるためなら、誰でもよかった。でも選ばれた李雪には許嫁がいて、だから李雪は……。李雪の自害を知られたくないのは、不祥事により皇太子の権威や今の政権が揺らぐことを恐れたからでしょうか。そして、大きくなり過ぎた玉瑛さまの権力も原因だと私は思っています」

正直どんな理由があるにせよ、大切な命が失われたことに変わりはないし、李雪を追い詰めた玉瑛の罪は大きいと春璃は思っていた。

「権力については俺も同意だが、玉瑛はなぜ李雪を桃女にしたと思う」

「えっ？　ですからそれは、誰でもよかったから……」

もちろん玉瑛に確認したわけではないが、悠月の考えを聞いた上で、春璃もその可能性が一番高いと考えていた。

「李雪のことを俺は知らないが、聞いた話によると控え目で目立たない宮女だったらしいな。しかも、体もそれほど強くないと」

「それは……はい。小柄ですし、確かに丈夫というわけではなかったかもしれません」

「世継ぎを望んでいるはずの玉瑛が、そのような宮女を選ぶのはおかしいと思わないか？

桃女の座を狙っている宮女など腐るほどいるというのに、なぜ頑なに拒み続けていた李雪だったのか。春璃が懇願してもなお、考えを変えなかったのはなぜか」

高紫は、どこか含みのある物言いで春璃を直視した。その眼には、春璃が想像している現実とは違う何かが見えているのだろうか。

「どういう意味ですか。高紫さまは、何かご存じなのでしょうか」

高紫は春璃の目線に合わせるようにしゃがみ込み、格子を隔て二人は向かい合う。目の形も瞳の色も違うが、その眼差しに強い意志を秘めているという点で、二人はとても似ている。

「あいつは、玉瑛は、栄青（エイセイ）にすべてを懸けている。なぜなら、今の皇帝が無能だからだ。どれだけひた隠しにしようと、愚帝の噂は自ずと広まる。しかも、形だけでも皇帝の威厳を示せばいいものの、ここ数年姿を見せていないのだから、国内外から疑惑の目が向けられるのも時間の問題だろう。だから、できるだけ早く次期皇帝である栄青の力を国中に知らしめる必要があった」

高紫の話は理解できるが、それが李雪となんの関係があるのだろうか。

「だが問題は、親子揃って前に出たがらないところだな」

皮肉めいた言葉で苦笑いを浮かべた。

「玉瑛がまずやらなければならないのは、桃女を一新することでも栄青の子を産ませることでもない。栄青を、外に出すことだ」

その言葉に、『引きこもり皇子』と言っていた鈴花の話を思い出す。

「栄青を外に出し、政務に復帰させるためには、それなりの餌が必要になる」

「餌……?」

「ああ。その餌は……春璃、お前だ」

突然放たれた高紫の言葉に、春璃の頭は一瞬真っ白になった。理解できない。何がどうしてと考えても、何も浮かばない。

「ちょ、ちょっと待ってください。私が華園に入ったのはついふた月ほど前で、栄青さまには会ったこともありません」

「そうだな。〝春璃は〟会ったことがないだろう」

高紫がそう言った刹那、頭が激しく揺さぶられたような強い衝撃を受け、春璃は視線を地面に下げた。

――私は会ったことがないけれど、別の誰かは会っていた。それはきっと、私に近しい人……。

「まさか……」

「そうだ。栄青を動かすために、朱夏の妹である春璃を利用したと俺は考えている。だから春璃と親しく、しかも桃女になりたくないという絶対の理由がある宮女を調べ上げたのだろう。それが李雪だった。そうすることで春璃が自ら桃女になると申し出ることも、玉瑛は分かっていたのだと思う」

　高紫の口から次々と語られる言葉を聞くにつれ、春璃の呼吸が荒くなる。

「玉瑛は、それを餌にしたんだ。おおかた、栄青が皇太子としての役目を果たさないなら、血筋を守るためにも曹家の別の誰かのもとに春璃を嫁がせる、とでも言ったのだろう。そうなれば、栄青は動かざるを得ない」

　――なぜ……。

　そう言いたいのに、声が出ない。

「李雪が死を選んだことは想定外だったのかもしれないが、自殺を隠蔽するのは、皇太子についての悪評を立たせないためだろうな」

　高紫の話をすべて理解したわけではないが、春璃の目から大粒の涙がこぼれ落ちた。

　落ち着かなければ、李雪のためにも自分がなんとかしなければ。そう思い、気丈に振舞おうとずっと堪えていた涙が、溢れて止まらない。

　高紫は、最初から朱夏のことを知っていたのだ。そして悠月もまた、朱夏を知っていた。

『それは、他の桃女では駄目だったから』

　あの時の悠月の言葉の意味はやはり、栄青には既に愛する人がいるから。はっきり言うことはできないけれど、そう伝えたかったのではないだろうか。

　つまり、栄青にとっての愛する人は、朱夏だったのだと春璃は悟った。

「すまない。俺がもっと早くに玉瑛の企みに気づいていれば」

　朱夏のことを言わなかったのは、高紫の目的である復讐と関係があるのか、それとも他に理由があったからなのかは分からない。

だが、朱夏のことを教えてくれなかったとか、自分が玉瑛に利用されていたとか、そんなことはどうでもよかった。春璃の心にあるのは、自分のせいで李雪を巻き込んでしまったことへの自責の念だけだ。

親しくならなければ、声をかけたりしなければ、李雪は今も黄女として懸命に働いて、年季を終えたあと、大切な人のもとへ嫁いだだろう。

なぜ翠蘭（スイラン）のように、一人でいることを選ばなかったのか。他の宮女を遠ざけ、一人にならなかったのか。

悔恨の涙が頬を伝い、冷たい地下牢の床にこぼれ落ちる。

「春璃、お前は何も悪くない。悪いのはすべてあいつだ」

目の奥に静かな怒りを宿しながら高紫が呟く。

「何があいつを鬼にしたのか分からないが、俺は……あいつを許さない」

その憎悪に満ちた表情の中に、悲哀が漂っているのを感じた。

自分が李雪の死を受け入れられないように、高紫もまた、深く消えない痛みを抱えているのではないだろうか。

そう感じた春璃は、涙を拭って顔を上げた。

――姐に会うまでは、もう涙を流さない。

「……高紫さま。お願いがございます」

そう心に固く誓い、春璃は口を開いた。

「私を、高紫さまの桃女にしてください」

十三話　桃女

李雪の死は瞬く間に華園内に広がった。

当然宮廷の外に漏らすことは禁じられているが、閉鎖された空間では真実であろうが虚偽であろうが、あらゆる出来事が一瞬にして拡散されていく。

どのような経緯を辿ってかは不明だが、緑女のもとにもその知らせは届き、古参の緑女たちの会話を偶然聞いていた翠蘭もまた、李雪の死を知ることとなった。

自室に戻った翠蘭は、あまりに急なことに言葉を失くし、しばらく動くことができなかった。

詳しいことは分からないが、聞こえた会話から推測するに、李雪は事故死したらしい。

そして亡くなった時、李雪は黄女ではなく桃女になっていた。

——なぜ、そんなことに……。

麗沙のことで頭がいっぱいだったとはいえ、なんの力にもなれなかったことを悔やんだ。

でも、一度失った命はどんなに悔いても戻らないということも、翠蘭は痛いほどよく分かっている。

深く息を吸って乱れた心を落ち着かせた翠蘭は椅子に座り、机に向かった。

華園内の書状や文書に目を通し、いつも通り仕事をこなそうとするが、やはりそう簡単に気持ちを切り替えることはできない。

冷静でいなければ真実は突き止められないと思い、常に感情を抑えてきたけれど、李雪の死と麗沙の死がどうしても重なってしまう。

李雪のことはよく知らないけれど、大人しく穏やかな印象の宮女だった。麗沙もそうだったが、なぜそのような宮女が命を落とさなければならないのか、事故とはいったいどのような状況だったのか。疑問ばかりが湧いてくる。

春璃(シュンリー)は李雪と親しかったようだけれど、大丈夫だろうか。詳細を知りたいけれど、翠蘭にはその術がない。

悶々としながら一度席を立ち、外の空気を吸おうと戸を開いた瞬間、はらりと何かが床に落ちたので、それを拾い上げる。

どうやら、戸に手巾が挟まっていたようだ。首を傾げながら手巾を手に取ると、白い布に赤い染みのようなものがついていることに気づき、おもむろに開いた。

次の瞬間――。

「……っ！」

咄嗟に手を離してしまった翠蘭の体から、一気に血の気が引いていく。あまりの衝撃に、動くことができない。

しばらく立ち尽くしたあと、恐る恐る視線を床へ移した。

【李雪は黒い者に追い詰められ、自害した。あの人と同じように】

床に落ちている白い布には、赤い文字で乱雑にそう書かれていた。

「これは……」

床に膝をついた翠蘭は、右手を伸ばして手巾に触れた。

李雪は事故死ではなく自害だと、わざわざ誰かが伝えてきたということか。だとすると、自分と無関係ではないということになる。つまり、あの人とはおそらく、麗沙のこと……。

そう解釈した瞬間、翠蘭の中で漠然としていた疑念が鮮明になり、同時に燃えるような怒りが一瞬にして沸き上がってきた。

ふらつく足取りで椅子に座った翠蘭は、机の上にもう一度手巾を広げて置いた。

事故死というのは偽りで、実際には自害。なぜ事故死などという虚偽の報告をしたのか。当然それは、事実を隠蔽するためだろう。なぜ、誰がそんなことを。

答えは簡単だ。李雪は黒い者、〝黒女〟に追い詰められて自害した。華園の最高権力者である黒女なら、事実を捻じ曲げることも可能だろう。だとすると、もし麗沙の死が自害であったとしても、李雪のように何かしらの理由で黒女が自害に追い込んだと考えてもおかしくはない。

いや、きっとそうに違いない。でなければ、これを自分に伝える理由が他にないからだ。やはり、姐の死には玉瑛（ギョクエイ）が深くかかわっている。もしかすると他にも、玉瑛の指示で姐を死に追い詰めた者がいるかもしれない。

そう思いながら手巾を強く握り締める翠蘭の目は、血走っていた。

誰がこれを書いたのかという疑問はもちろんあるが、緑女がそれを調べることは容易ではなく、文字が乱雑すぎて筆跡を辿ることもできない。

しかし、麗沙が追い詰められていた可能性があるのなら、自分はその相手を必ず探り出し、姐の無念を晴らすだけだ。

——誰であろうと、絶対に。

そう決心した翠蘭は目を閉じて心を落ち着かせたあと、手巾を引出しの中にしまった。

その直後、自室の戸が叩かれた。

「よろしいでしょうか」

「はい、どうぞ」

入ってきたのは、一人の青女だった。翠蘭は、この青女に二度会ったことがある。一度は玉瑛との面会時刻を伝えられた時、二度目は黒女の執務室の前で。

「私は青女の悠月（ユウゲツ）と申します。皇帝陛下の命で参りました」

「……えっ」

聞き間違いだろうか。

「今、皇帝陛下と……」

「はい。翠蘭さまをお呼びするようにと」

どうしてなのか考えても分からないけれど、従うほかに選択肢はないだろう。

「分かりました」

「あの、翠蘭さま……」

部屋を出てすぐに、悠月が足を止めて振り返った。「なんでしょう」と返す翠蘭の目に、困惑した表情を浮かべる悠月が映る。

「いえ、なんでもございません。すみません」

明らかに何か言いたげな顔をしていたが、悠月は口を噤み、前を向いて歩き出した。

何かあるのだろうか。それに、悠月は青女で緑女よりも身分は上なのに、なぜ『翠蘭さま』と呼ぶのか。

翠蘭は、思慮を巡らせながら悠月のあとに続いた——。

「何……？」

春璃の申し出に、高紫は瞠目した。

「もちろん、高紫さまの頼みも受けます。ですから、私を桃女にしてください」

以前、高紫から互いの目的のために手を組まないかと言われた時、春璃は返事を躊躇った。だが、今の春璃に迷いはない。

「なぜだ。桃女になりたい訳を聞かせろ」

「それは……黄女のままでは何もできないと、強く実感したからです」

黄女である限り自由に動くことはできず、自分の意見を通すことはもちろん、主張することさえ許されない。しかもそれは緑女でも青女でも同じこと。

「黒女よりも上の位にならなければ、現状を変えることはできません。朱夏小姐を見つけることも叶わないでしょう」

「だから、俺の桃女になりたいと」

「はい」

高紫が何を考えているのか、何をしようとしているのかは分からないが、もう高紫を頼るほかないのだ。

「桃女がどういう身分なのか、何をするのか理解した上で言っているのか」

「分かっています。夜伽をと申されるのであれば、仰せの通りにいたします」

春璃は歯を食いしばり、真剣な眼差しを向けながらハッキリと答えた。

なんの罪もない一人の若い娘が死んでしまったのだから、朱夏の身にも何かあったと考えるのが妥当だ。相応の覚悟がなければ玉瑛の力に対抗することなどできないだろう。

「そうか……分かった」

春璃の決意が伝わったのか、高紫は暫し考えたのちに頷いた。

「桃女の話は俺から玉瑛に伝える」

「ありがとうございます。すんなり桃女になれるとは思いませんが」

春璃の存在が他の宮女とは違うと分かった今、玉瑛に目を付けられていることは間違いないだろう。

「まあ、あいつは反対するだろうが、黒女もしょせんはただの宮女だ。問題ない」

皇子である高紫の言葉のほうが力はあるが、玉瑛は何を考えているか分からないからこそ、油断はできない。一刻も早く朱夏の情報を摑み、行方を捜さなければ。

「お前は、朱夏が今も華園のどこかにいると思うのか」

高紫の言葉に、春璃の眉がピクリと動く。

「思っております。そうとしか考えられませんので」

翠蘭の姐は遺体で戻ってきたが、朱夏は戻ってきていない。確認もさせてくれないのは、どう考えてもおかしい。

「高紫さまは、姐をご存じなのですよね。知っていることを教えてください」

これまでは知らない振りをしていたのだろうが、高紫の口から朱夏の名が出たのだから、話してもらう必要がある。

朱夏への想いは初めて会った時にすべて伝えてあるため、春璃からこれ以上言うことはない。あとは、高紫の口から真実を聞くだけだ。

「分かった。すべて話そう。あれは四年ほど前。俺が十七歳の時で、まだ北都へ赴く前だった」

静かに頷いた高紫は、春璃を見つめたまま続けた。

「帝都にいた俺は、先帝の教えや歴史を学びながら外廷での職務をこなしていたのだが、その頃、華園で働く役人の間で、美しい宮女が入ったと話題になっていたんだ」

「それが、朱夏小姐だったのですね」

やはり朱夏は、美しくて自慢の姐だ。今は素直に喜べる状況ではないけれど、話題になったと言われると少し嬉しい。

「ああ、そうだ。俺は興味がなかったのだが、次第に栄青がその朱夏という宮女に入れ込んでいるという噂が立って、俺の耳にも入ってきた」

「やはり、栄青さまは姐を……」

高紫は否定も肯定もしなかったが、妹妹である春璃が、栄青を外に出すための餌になったというのが答えだろう。

「俺が朱夏を見かけたのは――」

その言葉に、春璃は思わず手を伸ばして高紫の腕を摑んだ。

「姐は、姐の様子はどうでしたか、元気だったのでしょうか？」

どんなふうに働いていたのか、笑っていたのか、どこかおかしなところはなかったのか。

自分の知らない朱夏のことを少しでも知りたいと思う春璃は、一層前のめりになる。

「落ち着け。俺は少し見ただけだからよく分からなかったが、あの時は同じ黄女と共に仕事をしていて、変わったところは特になかったように思う」

高紫は、優しく諭すように言った。

「朱夏小姐は、黄女だったのですね。私と同じ……」

黄色い衣を着た朱夏がここにいたという事実に、春璃の寂しさが増す。ほんの少し何かが違っていれば、今ここで共に働いていたかもしれない。そんな想像がよぎったからだ。

「見かけたのはその一度だけだが、他にも一度、俺は栄青から朱夏の話を聞いたことがある」

「栄青さまから？」

春璃は地下牢の縦格子を両手で強く握った。

「栄青は朱夏のことを、『思いやりのある優しい人だ』と言っていた。そして宮女になったのは、煌華宮への少しの憧れと、村に残してきた妹妹のためだと栄青に話したらしい。妹妹は両親がいない寂しさを隠し、まわりに心配をかけないようにいつも明るく笑っているような優しい子なのだと」

違う。両親がいないことは確かに悲しいけれど、寂しくはなかった。なぜなら、朱夏がいたからだ。いつでも側で寄り添ってくれる朱夏がいたからこそ、笑っていられた。

春璃は唇を噛み、再び溢れそうになる涙を堪えた。

「朱夏は、栄青に会うと必ず妹妹の話をしていたそうだ。その名が〝春璃〟ということも、俺は聞いていた」

初めて自分の名を名乗った時、高紫が少し驚いているように見えたのはそういうことかと、腑に落ちた。

「それからふた月後に宮廷を出たため、俺が知る朱夏の情報は、これだけだ……」

春璃は顔を上げ、偽りはないか探るように高紫を見つめる。

「失礼を承知で申し上げます。私の知る限りですが、皇帝陛下に御子息がお二人いることを、多くの宮女はご存じないようでした。高紫さまが突然華園に現れた時に、皆初めて知ったようです。それは、なぜなのでしょうか」

おそらく宮女だけでなく、ほとんどの民も知らないのだろう。

帝が普段何をしているのか、政（まつりごと）はどのように行っているのか、通常庶民がそれらを知ることはないが、皇子が誕生した際には広く庶民にも知らされる。

宮廷では祝いの儀式が行われ、帝都でも祝い事が催（もよお）されるのだ。春璃が生まれる前だけれど、北のはずれにある村にさえも、栄青誕生の一報は届いたらしい。

けれど、帝に第二子がいるという話は聞いたことがない。村の人たちは帝や皇太子について時々話をしていたものの、もう一人の皇子については一度も話題に上ったことがないのだ。

皇子という立場にもかかわらず、誕生が世間に知らされなかった理由はなんなのか。

「俺はずっと、皇子であることを伏せられて育ってきた。幼い頃は自分が何者かなど当然考えもしない。だが、母から『高紫、あなたは陛下の子なの。だから、いずれこの国の頂点に立つのよ』と、そう教えられてきた」

しかし、皇子だとしたらなぜ宮殿から離れた場所で暮らしているのか。物心ついた頃にはそんな疑問が浮かび、母親の単なる妄想かもしれないと思うこともあったのだと言う。

「だが、その言葉が真実だったと確信したのは……」

ほんの一瞬、愁いに沈んだ高紫の表情を、春璃は見逃さなかった。

そして。

「母が殺されたからだ……」

思いがけない告白に衝撃を受けた春璃は、言葉が出なかった。

「俺が十歳の時、母は殺害された」

静かに語った高紫は、遠いどこかへ心を置き去りにしたような、とても悲しい目をしている。

高紫の表情が、声が、朱夏や李雪を想う自分の気持ちと重なっているような気がした。

春璃は、縦格子の隙間から右手を伸ばし、高紫の頬にそっと触れようとした。だが、その手が高紫に届くよりも先に、微かな足音が春璃の耳に届く。

春璃は伸ばしかけた手を戻し、高紫がうしろを振り向く。地下牢に下りてきたのは悠月だった。

「高紫さま？」

地下牢に高紫がいるなどとは思わなかったのだろう。悠月は驚いたが、春璃は現れたのが悠月だと分かり胸を撫で下ろす。

「なぜここに、高紫さまがいらっしゃるのですか」

「捕まっている宮女がいると聞いたので、見に来ただけだ」

「そうですか。皆で高紫さまを捜していたのですが、まさかここにいらっしゃるとは思いませんでした。ですが、ちょうどよかったです。皇帝陛下からのご指示で、見つけ次第高紫さまもお連れするようにとのことでしたので」

「俺も、とはどういう意味だ」

　高紫の表情が僅かに曇り、重々しい声で問い返す。

「私がここへ来たのは、春璃さまを牢から出すためなのです。春璃さまもまた、連れてくるようにとのご指示だったので」

「私も……？」

　高紫は皇子なのだから、帝に呼ばれることもあるだろう。しかし自分は宮女で、しかも最下級の黄女だ。帝に召集されるような身分ではなく、言葉を交わすことさえ普通はあり得ない。それに、悠月が『春璃さま』と呼んだことも引っかかる。

　疑問が湧いた春璃の横で、高紫は眉を寄せて険しい顔をしている。

「まさか、李雪さまがあんなことになるなんて。私の力不足で何もできず、申し訳ございません」

　牢の錠を開けながら、声を震わせて悠月が言った。彼女もまた、李雪を救えなかったことを悔いているのだろう。だが、悠月にはなんの責任もない。

「謝るのは私のほうです。私が無理を言って力を貸していただいたのに、申し訳ございません」

難しい立場にもかかわらず、春璃たちに寄り添ってくれた悠月には感謝しかない。

「李雪さまは、許嫁を心から愛していたのですね」

「はい。年季が明けたら婚儀を行うと、幸せそうに話していました」

「それなら、変わり果てた李雪さまを前に、相手のお方はきっと……」

悠月が言葉を詰まらせたけれど、何を言おうとしていたのかは春璃にもよく分かる。

李雪の許嫁はきっと、引き裂かれるような胸の痛みを感じながら、悲しみに暮れていることだろう。

李雪を失った悲しみを共有するように、春璃と悠月は互いに見つめ合った。

「では、高紫さまもご一緒にお願いいたします」

「俺と春璃を呼びつける理由はなんだ」

鍵をあけ、春璃が牢を出たところで高紫が悠月に尋ねた。

「申し訳ございません。私は連れてくるようにとだけ言われていて、詳しいことまでは」

「そうか。なんにせよ、こちらも話をするつもりだったから、許可を取る手間が省けた」

高紫に続いて春璃、悠月と狭い地下の階段を上ると、三人は重厚な扉を開けて外へ出た。

地下も冷えていたが、湿気がないぶん外のほうがより空気が冷たく感じる。

ずいぶんと長い間地下にいたような気がしたけれど、陽はまだ高いところから地上を照らしている。黄女たちは朝の洗濯を終えた頃だろうか。

雪はやみ、風もなく、陽の光によって周囲の銀雪が輝いていた。ここに李雪がいれば綺麗だと感じることができただろうけれど、今はこの眩しさに心が痛む。

地下牢は華園の北門近くにある。高紫を先頭に、そこから華園内を南に向かって、雪が取り除かれた石畳を進んだ。

たまたま居合わせた宮女たちが恍惚とした視線を次々と高紫に送る中、一行は煌華宮の最南にある立派な宮殿の前で止まった。

遠くから目にするのと間近で見るのとでは、やはり迫力が違う。春璃は圧倒されながらも、気持ちで負けてはいけないと、己を奮い立たせる。

高紫に続いて石段を上り中へ入ると、東西に延びた長い回廊を西へ進む。そして、帝が日常的な公務を行う場だと悠月から教えられた部屋の前に立つと、すぐに紫女が音もなく扉を開けた。

真っ先に春璃の目に飛び込んできたのは、正面の玉座に腰を下ろしている老年の男。顔を見るのは初めてだが、体の線は細く頰がこけており、パッと見ただけでも一国の帝というには頼りない風貌だ。それでも帝だと分かった瞬間、すぐさま頭を下げると、春璃の視界に黒い衣が映った。玉瑛だ。

「悠月です。高紫さまと、春璃さまをお連れいたしました」

高紫がさらに前へと進み、うしろにいる春璃もそれに続くと、悠月は部屋の隅に下がる。

先ほどは気づかなかったが、室内には他に緑の衣を着た宮女が一人いた。それが翠蘭だと分かった瞬間、春璃は思わず「えっ」と小さく声を漏らす。翠蘭もまた、入ってきた春璃に気づいたが、あまり動揺している様子はない。

翠蘭に会うのは、すれ違いざまに文を渡した日以来だが、あの時とどこか雰囲気が違って見えた。会えない間、春璃が大切な友である李雪を失ったように、翠蘭にも何か心の変化があったのかもしれない。鋭利な眼差しや表情からは、以前にも増して固い覚悟が感じられる。

「突然呼び出して、なんの用だ」

「高紫さま、お言葉にお気をつけください」

すかさず諫める玉瑛の声には反応せず、高紫はそのまま帝の前に立った。

「公式に発表する前に、俺が皇子だということを触れ回ったのが不服か？　それとも皇帝の座を譲ってくださるという話か？　それなら大歓迎だが」

皮肉を込めて言い放つ高紫を、玉瑛の鋭い視線がずっと貫いている。

「高紫さま」

「よい」

再び諫めようとした玉瑛を、帝が凛とした声で制止した。たくわえた白く長い髭に触れながら、高紫と翠蘭、そして春璃を見回す。

高紫がこの場にいるのは理解できるが、なぜ自分と翠蘭までもが召集されたのか。どれだけ考えても判然とせず、春璃は得体の知れない緊張感に自然と身構える。

もしや、春璃や翠蘭の目的、復讐すると言った高紫の企みに気づかれたのだろうか。

春璃の心が僅かに乱れはじめると、帝の視線がふと春璃たちの背後に移った。それにつられるようにして振り返ると、そこには琥珀色の官服に身を包む、長い黒髪の美しい男が立っていた。

歳は高紫と同じくらいだろうか。瞳の色は青く鮮やかで、優れた容貌は高紫と似通っていて——と、そこまで考えた春璃はハッとした。

——もしや、このお方が……。

浮かび上がった春璃の見解に応えるかのように、高紫がぼそりと呟く。

「皇太子殿下のお出ましだな」

帝に向かって一礼したその男こそ皇太子、曹栄青。朱夏に深くかかわっていたかもしれない人物だった。

眉目秀麗なのは変わらないが、強い意志を表すような鋭い切れ長の目をしている高紫に対し、栄青の大きな目は、どこか悲しげだ。表情には力がなく、白い肌を見れば長い間日を浴びていないのがよく分かる。

朱夏に何があったのか、栄青なら知っているかもしれない。いや、確実に知っているだろう。そうとしか考えられない。

春璃は、息を殺して栄青を見つめた。

「皇太子殿下、前へどうぞ」

玉瑛の呼びかけに一瞬躊躇ったように見えたが、栄青は視線を下げたまま重い足取りで前へ進み、高紫の隣に立った。二人のうしろに春璃と翠蘭が並ぶ。

「陛下、お揃いになりました」

玉瑛の言葉に帝は髭を触りながら小さく頷き、口を開く。

「私の余生は、恐らくそう長くはない」

帝が告げると、栄青はうつむけていた顔を上げたが、高紫はどうでもいいと言わんばかりに指先ひとつ動かさない。

「我が国をひとつにし、代々統治してきた曹家の血筋を絶やすことは秩序の乱れに繋がり、領土を巡る内乱の火種となるだろう。隣国の侵略から国を、民を守るためにも、曹家は国内外に力を示し続けなければならない。一族の没落は確実に国の崩壊へと繋がるのだ」

力強い口調で流暢に話す姿は、愚帝と噂されているような人物には見えない。これが、本当に帝本人の言葉だとしたらの話だが。

「だが今、曹家の血を引く正統な後継者は栄青、高紫、お前たち二人だけだ。万が一のことがあれば、血筋はあっという間に途絶えてしまう」

「長々と……。何が言いたいのかさっぱり分からん。さっさと本題に入ってくれないか」

そう言い放つ高紫に、尖った玉瑛の視線が突き刺さる。帝は血色の悪い顔で二人の息子を見たあと、続けた。

「栄青が政務に復帰することもあり、高紫については明日正式に皇子として公表する。そして、急ぎ世継ぎを儲けてもらうためにお前たちを呼んだのだ」

帝の視線が二人の皇子のうしろ、春璃と翠蘭に移った瞬間、春璃は理解した。

なるほど。つまり、桃女になれということだろうか。

確かに春璃は、桃女にしてくれと高紫に頼んだばかりだった。しかし帝、いや玉瑛のほうからこうして桃女に指名してくるとは思ってもいなかった。

なぜ、自分たちなのか。

同じ時期に姐を失った自分たちが選ばれたのは、恐らく偶然ではないはず。何か思惑があってのことだろうけれど……。

思案する春璃の横で、翠蘭は思いがけないことに驚いたのか、唇を僅かに開いたまま帝を見ている。

だが慌てている様子がないのは、きっと春璃と同じ理由だからに違いない。位が高くなれば、それだけ得られる情報も格段に多くなる。よって、桃女となることに躊躇いはないと。

「明日、春璃さまと翠蘭さまには桃女となっていただきます」

「待て、聞いている話と違うではないか！」

玉瑛が言い放つと、栄青が焦りを含む言葉を投げた。

――聞いている話？

栄青は、事前に何か聞かされていたということか。

「先日お話しした件については少々問題が起こりまして、あの話は白紙に戻させていただいた上で、栄青さまの桃女となる者を新たに選定いたしました」

「何……？」

玉瑛の言葉の意味を春璃はすぐさま理解し、下げた拳を強く握った。

玉瑛の言うあの話とは、李雪のことで間違いない。そしてあろうことか、李雪の死を少々の問題だと玉瑛は言ったのだ。さらに栄青の口振りから、李雪が死んだことを栄青本人は知らないようだ。

しかも玉瑛の言葉や態度からは、宮女の一人が死んだことなど伝えるまでもない、取るに足らないことだと言っているように思えた。

「春璃さまと翠蘭さまには皇太子殿下の桃女になっていただき、そして早急にお世継ぎを」

「待て！」

声を荒らげて遮った栄青は、射るような視線を玉瑛に向けた。

「どういうことだ！」

「お二人を栄青さまの桃女にと申し上げました」

「ふざけるな！　桃女などいらない！　皇太子という身分も曹家も、私にとってはどうでもいい。次期皇帝の座も、高紫に――」

「栄青さま、そのような発言を軽々しくなさるのはおやめください！」

栄青の言葉を遮り、珍しく感情を露わにした玉瑛を前に、春璃は驚いた。だが、それもほんの束の間。

「皇位継承第一位は、栄青さまをおいてほかにおりません」

すぐに、いつもの仮面をかぶったような表情に戻った玉瑛が苦言を呈すと、栄青はそれでもなお、鋭い視線を送りながらかぶりを振る。

その様子をうしろから見ていた春璃が、静かに口を開く。

「私からも、お願いいたします」

前に立つ二人の皇子が、同時に振り返った。

当初の予定では高紫の桃女にしてもらうはずだったが、むしろ栄青と直接話せるのなら、そのほうが早い。そんな春璃の意向を汲み取ったのか、高紫はフッと唇に薄い笑みを浮かべ、再び前を向く。

栄青は一瞬だけ春璃を見たけれど、その視線はすぐに逸らされた。まるで困惑しているような、何か言いたげな複雑な感情を宿した瞳は、自分ではなく、自分を通して別の誰かを見ているように思えた。

「それでは陛下の承諾を得て、お二人は明日、正式な桃女となられます。桃女としてのお役目をしっかりと果たされるよう、お願いいたします」

玉瑛が喋ると、この場を支配しているかのような空気が流れる。春璃は、それが何より許せなかった。李雪の時も、だからこそ。

「……李雪の時も、そうだったのですか」

春璃は正面に座している帝を見つめながら、落ち着いた声で言った。

「李雪の時も、こうして陛下に呼ばれ、栄青さまも同席した上で桃女となる旨を李雪に伝えたのですか？　そして李雪は、納得して桃女となることを受け入れたのですよね？　今となっては、李雪にそれを確認することはできませんので、お答えくださいますか」

そう問いかけても、玉瑛が正直に答えないことくらい分かっていたけれど、正しい返答を求めて聞いているわけではない。春璃の目はずっと、玉瑛ではなく帝を見据えていた。その反応を見るために。

だから、春璃の言葉を聞いていた帝が一瞬目を見開き、次いで眉間に皺を寄せたのを、春璃は見逃さなかった。

「あの時は桃女が全員暇を出されてしまったので、急遽決定したことです。異例でしたので、今回とは手順が異なります」

帝は何か言おうと唇を僅かに開いたけれど、玉瑛の言葉によって阻止された。

だが春璃は、それにより確信した。帝は李雪が桃女になるはずだったことも、自殺したことも知らない。恐らく李雪という名さえ、今初めて聞いたのだろう。

やはり、帝を操っているのは玉瑛だ。玉瑛が華園を動かしている。

「それからお二人に仕える青女ですが、翠蘭さまには悠月を、春璃さまには早急に相応しい青女をお付けいたしますので」

桃女となるからには、身の回りの世話をする青女が必ず一人付くことは分かっていた。

だが、それさえも玉瑛の意のままになる気はさらさらない。

「その件なのですが、お願いがございます」

春璃は玉瑛ではなく、帝に視線を送る。

「私は宮女となってまだふた月と少し。慣れない環境の中で正直不安もあります。桃女としてのお役目を果たすには、心身共に健やかでいなければならないと思うのですが、そのためにも、青女は私自身に選ばせていただけないでしょうか」

「そのような勝手を許可することはできません」

玉瑛が春璃の要求を断ち切ったけれど、それでも視線を帝に送り続ける。自分は玉瑛ではなく、陛下に直接懇願しているのだという意志を伝えるように。

すると、帝は玉瑛を一瞥したあと春璃に目を向け、「いいだろう」と答えた。

「陛下！」

「自分の側に仕える者くらい自由に決めさせてやれ。今いる宮女はお前が集めたのだから、誰が青女になろうと大差はないのだろう。それなら、心許せる相手を選ばせてやったほうがいい」

「しかし……」

「くどいぞ。たまには私の意見を素直に聞き入れたらどうだ」

当然玉瑛は納得していないだろうが、それぞれの側近や兵、宮女も数人この場にいるのだから、偉大なる皇帝の前では首を縦に振らざるを得ない。

期待はしていなかったけれど、上手くいったことに春璃は安堵する。

先ほどの帝の発言には宮女に対する思いやりが見えたので、たとえ本当に愚帝だとしても、情など一切持たぬ悪人というわけではないのかもしれない。

「お前たちと同じ空間にいると息が詰まりそうなんだが。用が済んだなら俺は行くぞ」

これまで黙っていた高紫が、深いため息と共に言い放った。

「お待ちください、高紫さま」

「世継ぎだの血筋だの、俺にはどうだっていい」

嫌悪感を露わにした高紫は帝と玉瑛に背を向け、ふいに春璃の腕を摑んだ。

——えっ？

驚いて見上げた先で、高紫は栄青と向き合っている。

「桃女となるのは明日からだ。その前に、この宮女を少し借りるぞ」

「高紫、何を」

「べつに悪いようにはしない」

困惑した表情には焦りも見えるが、高紫はそんな栄青の肩に手を置き、小声で伝えた。

「高紫さま、そのような——」

高紫は振り返ることも止まることもせず、そのまま部屋を出た。玉瑛の声が聞こえたが、何を言っていたのかまでは分からない。

戸惑いながらも、春璃は高紫の手に導かれるように足を進めた。

十四話　復讐

春璃は、自分の腕を摑んだまま回廊を進む高紫を見上げた。表情があまり変わらないからか、高紫が何を考えているのか分からない。栄青の桃女になると言われたばかりの自分を、いったいどこへ連れて行こうというのか。

「あの、高紫さま、突然どうなされたのですか」

「用があるから連れ出しているだけだ」

「それなら逃げたりはしませんから、手を離してください」

春璃の腕を摑んでいることを忘れていたのか、高紫は「ああ、すまない」と言って手を離した。

それからは、無言でただ歩き続ける。ふた月もいればだいぶ見慣れたけれど、まだ華園の隅々まで歩いたわけではない。初めて目にする建物や、それらを彩る装飾品。まだ知らない華園の風景に触れながら、春璃はとにかく高紫のうしろをついて行く。

そして宮女たちが働く区間から外れ、煌華宮の出入り口であるひとつ目の門を出た。そこから西にある庭園を過ぎると、人けのない場所に建っている小屋の前で高紫は立ち止まる。

途中、高紫を見て喜びの悲鳴を上げる宮女が何人もいたけれど、この周辺に人はいない。

今は寒い時期だからいいが、暑くなれば雑草が生い茂り、虫が飛び交っていそうな場所だ。

「ここで支度をする」

「支度とは、なんのことでしょうか」

聞き返したけれど返事はなく、高紫は小屋の中に入って行った。よく分からないまま、春璃も仕方なくあとを追う。

灯りはないけれど、外はまだ陽が高いからか、中はそこまで暗くはなかった。特段変わった様子はなく、木箱が数個置かれているだけだ。

春璃がぐるりと小屋を見回していると、高紫が突然着ていた衣を脱ぎはじめた。驚いた春璃は「えっ？」と声を上げ、慌てて高紫に背を向ける。

「な、な、何をなさっているのですか」

「着替えだ。見れば分かるだろ」

「それならそうと、先に言ってくれないと困ります」

春璃が慌てて小屋を出ると、そこには見覚えのある男が立っていた。

「あなたは……」

高紫の側近で、明明の幼馴染の龍威だ。龍威は狼狽えている春璃を見て、困ったようにため息をつく。

「何か失礼がありましたら、すみません。高紫さまはあまり物事を深く考えないというか、感情表現が下手というか、ご自分にとって重要なこと以外は無頓着というか」

「いえ、大丈夫です。何も見ていませんから」

ほんのり耳を赤くしたまま首を横に振る春璃を見て、龍威がフッと笑みを漏らす。

「あの、あなたは明明の幼馴染だと聞いたのですが」

「ええ、まぁ……。あいつ、何か変なこと言ってませんでしたか？　昔から俺をからかったり困らせたりする奴で」

明明の名を出すと、龍威は少し複雑そうに顔を歪めて苦笑いを浮かべた。

「いいえ、変なことなど言っていませんよ」

「ならいいんですが」

「明明のことが、大切なのですか？」

春璃が聞くと、龍威は目を丸くした。そして、頬を僅かに染めてうつむく。

「……はい。だから、あいつには華園の宮女になんてなってほしくなくて。あいつは昔から真っ直ぐで、だから心配なんです」

龍威は下唇を噛み、下げた視線を左右に揺らした。龍威が不安に思う気持ちは、春璃にも痛いほどよく分かる。李雪（リセツ）のことも知っているのなら、尚更だろう。

「明明のことは、私が守ります。何があっても私が」

本当は側にいたいのだろうけれど、宮女は華園で働く男と親しくしてはならない決まりだ。龍威が近くで見守れない分、自分がその役を担うと春璃は龍威に約束した。

「ありがとうございます。明明は頑固だけど、信用できる奴なので」

「ええ、私も明明のことは信頼しています」

そう告げると小屋の戸が開き、出てきた高紫は先ほど着ていた紫色の官服ではなく、刺繡も何もない地味な色の袍を着ていた。

「高紫さま、その恰好はどうなされたのですか」

変だというわけではなく、帝の子である高紫が庶民のような服を着ていると少し違和感がある。とはいえ、どんな服を着ていようと見目の良さは変わらないが。

「少し外に出ようと思ってな」

「えっ、外ですか？　しかし、私は宮女です」

一度華園の宮女になったからには、許可なく勝手に外へ出ることはできない。華園で働く宮女は、宿下がりの時や特別な理由がない限り、年季が明けるまでずっとこの高い塀の中にいなければならないのだ。

「許可なら取ってある」

「玉瑛さまがお許しになったのですか？」

「なぜ俺があいつの許可を得なければならない。あいつはただの宮女だ」

ということは、高紫よりも位が高い者。つまり帝に許可を取ったということになる。

「俺はあいつを父親だと思ったことなどないが、あいつなりに罪悪感というものがあるらしい。俺の要望はできるかぎり聞くとかなんとか言っていたな」

息子であることを隠してきたうしろめたさからなのだろうか。

小屋から少し離れると、そこには馬車が用意されていた。たまたま通りかかった黄女の嫉視を浴びながら、春璃は高紫と共に乗り込み、龍威が手綱を握る。

前にも、同じように高紫と馬車に乗った。けれどあの時は、大切な命がひとつ消え、自分が桃女になることなど想像もしていなかった。朱夏(シュカ)の行方は依然分かっていないが、己の心持ちも周囲の状況もずいぶんと変わった。

馬車で華園の出入り口である北門に着くと、龍威が許可証を見せてすんなり北門を出る。

この門をくぐるのは、ふた月前、宮女になるために宮廷にやって来た日以来だ。場合によっては二度と門を出ることは叶わないかもしれないとどこかで思っていたため、こんなにもあっさり外に出られると、少し不思議な感覚になる。

門を出た馬車は右に折れ、そのまま外壁に沿って南へと向かった。そして宮廷の正面にあたる南門まで来ると、堀に架かった橋を渡り、そのまま真っ直ぐ先へ進む。

馬車から外を眺めていた春璃は、思わず身を乗り出した。

ガタガタと揺れる馬車から見えたのは、楼閣(ろうかく)だ。馬車は楼閣よりも手前で止まり、ここからは歩いて進むのだと高紫に言われ、馬車を降りる。

近づくにつれ、四階まである楼閣の全貌が見えてきた。反り返った黄色の瑠璃瓦に、彫刻が華やかな斗組(ますぐみ)。間近で見るとその美しさは圧巻で、春璃はおもわず口をぽかんと開いた。

一階部分は間口を広くとってあり、そこを宮廷の北門から続く大通りが通っている。つまり、この楼閣が宮廷と街の境目。楼閣は帝都一大きな街の象徴なのだと、春璃と高紫のうしろを歩く龍威が教えてくれた。

「おい、田舎者丸出しだぞ」

視線を上げて見入っている春璃に、高紫が言った。

「田舎者なんですから、仕方ないじゃないですか」

「宮廷に来る時もここは通ったはずだろう」

「そうですが、あの時はまわりを見る余裕などなかったですから」

朱夏のことで頭がいっぱいだったため、街の景色はほとんど覚えていない。

楼閣を通ると街には市が立っており、多くの商人や客が行き交っている。

地味な衣を着ているとはいえ、上背がある高紫はやはり目立つ。おまけにこの顔なのだから、女たちに振り返るなというほうが無理な話だろう。

だが、それでもこうして街を歩けるのは、高紫の存在が宮廷の外にはまだ知れ渡っていないからだ。明日になれば、外出もそう簡単にできなくなる。

もしかすると、皇子として公の場に出る前に、街を歩きたかったのだろうか。

歩きながら、ちらりと高紫を見上げる。紫がかった珍しい髪を今日は黒い幘で隠しているが、横顔は変わらず綺麗で、よくできた彫刻のようだ。

「どこか行きたいところや食べたいものはあるか」

「え？　あ、いえ、特には……」

　突然聞かれても、北部の村育ちの春璃には何があるのかさえ分からない。それに行きたいところなど、朱夏が死んだとの知らせを受けてからは、一度も考えたことがなかった。たとえ行きたい場所があっても、そこに朱夏がいなければ意味がない。食べたいものがあっても、朱夏と一緒でなければ駄目なのだ。

「春璃、たまにはゆっくり息を吸ってみろ」

　高紫の言葉に、春璃は思わず立ち止まり、うつむきかけた顔を上げる。

「ずっと一人で抱えてきたのだろう。俺たちはこれから、互いの目的のために協力することになる。それは、春璃の中にある不安や苦しみを俺も背負うということだ」

　高紫の手が、春璃の頭の上にぽんと優しくのせられた。

「高紫さま……」

　心に溜まった不安や朱夏への想いが溢れ出しそうになり、春璃は咄嗟に天を仰ぐ。

「雪が降ったあとですが、今日は天気がよくて空気も澄んでいますね」

　時折舞う風花が、キラキラと輝く宝石のようで綺麗だ。

　指先で目尻を拭い、僅かに陰の残る笑みを浮かべながら、高紫に視線を向けた。

「どこか、のんびりできる場所に行きたいです」

「そうか、分かった」

　高紫は市が立っていた中心部から少し離れ、灰色の瓦屋根の民家が並ぶ地区に出た。そこから川沿いを少し歩くと、小さな庭園が見えてくる。草木が植えられ、池があり、池の隣には東屋が建っている。今は木々の葉も枯れてしまっているけれど、春になるとまた緑が生い茂り、色とりどりの花を咲かせるのだろう。

二人は東屋にある縁台に腰を下ろし、龍威は少し離れた場所から主君を見守っている。

白い息を吐きながら、二人は閑散とした庭園を眺めていた。何を話すべきなのか分からず暫し無言の時を過ごすが、先にその沈黙を破ったのは高紫だった。

「さっき、互いの目的のためにお前の苦しみを背負うと言ったが、春璃はどうだ」

言葉の意味をすぐに理解した春璃は、「私も同じです」と答える。すると、高紫はまた少し無言で視線を下げたあと、口を開いた。

「俺の目的は、母を殺した奴の正体を暴き、復讐することだ」

先ほどまで優しかったその美しい目に、怒気が宿る。

「幼い頃の記憶は曖昧だが、これだけははっきりと覚えている。襲いかかるそいつから逃れようと必死に抵抗していた母が倒れ、胸からは赤い血が流れていた。刃物が床に落ちる音、苦しみに悶える母の声が、今も俺の脳裏にこびりついて離れない。俺は隠れていたから殺されずに済んだが、あいつは……」

高紫の口から発せられる衝撃的な言葉に、春璃は心臓を強く握られたような痛みを感じた。高紫は、母親が殺された瞬間を目にしていた。子供の目にそれはどう映っていたのか。想像を絶する苦しみだったに違いない。

「母は妃嬪の一人だったにもかかわらず、俺が七歳の時に華園ではない場所に移された。

春璃もよく知る所だ」

そこは、春璃が正式な宮女となる前、明明らと共に学んだあの質素な造りの棟だと言う。今と同じように、まるで目隠しをするかのように鬱蒼とした木々の中に佇む棟。そこで高紫は母親と限られた侍女と共に暮らしていた。

「俺は、大勢の使用人に囲まれ、豪華な宮で贅沢に暮らしたかったわけではない。皇子として育ちたかったわけでも、皇太子を差し置いて皇帝になろうなどという野望もなかった。俺はただ……大切な人と共に、穏やかに暮らしたかっただけなのだ」

消え入るような声を落とした高紫の瞳には、怒りというよりも悲しみが色濃く浮かんでいる。

「だが、この高い壁の中で唯一俺を愛してくれていた人が死に、幼い俺の願いは悪意ある者の手によって壊された。だから俺は、この宿怨を晴らさなければならない」

その双眸（そうぼう）は、まるで相手が見えているかのように、憎悪に満ちている。

「お母さまを手にかけた相手のことを、高紫さまは分かっているのですね」

復讐のためにここへ戻ってきたというのなら、相手は当時から華園内にいる者。そして、命を奪うことを厭わないような冷酷な人間。

春璃の脳裏に自ずと一人の人物が浮かんでいた。

「宮廷を離れていた四年で、できる限りのことを調べ上げた。今なら春璃にも見えるだろ？　母を殺したその女の姿が」

鋭い刃物を手に、顔色を変えず襲いかかる冷血な宮女の姿を想像した途端、背中に戦慄が走った。

「春璃の想像通りだ。俺の知る限り、あの女の周囲では人が死に過ぎている。もしかすると、俺の知らないところでもっと多くの命が消えていた可能性もある」

高紫の言う通りだ。翠蘭(スイラン)の姐である麗沙(レイシャ)や李雪。死んだとは思っていないが、なんらかの事件に巻き込まれた可能性のある朱夏。短期間にこれだけのことが起こっているのだから、華園の最高責任者である玉瑛(ギョクエイ)がかかわっていないとは考えにくい。

しかし、春璃が気がかりなのは相手が誰なのかということだけではなかった。

「高紫さまのおっしゃることは分かります。私もあのお方は信用できません。ですが、高紫さまの言う復讐とは、いったい何をするおつもりなのですか」

問うと、高紫は一度目を伏せ、小さく息を吸ってから春璃を見た。

「あいつがいなくなれば、この壁に囲まれた女の園も、少しは穏やかになるだろう」

高紫の抱いている感情から『いなくなる』ということの意味を考えた時、たどり着く答えはひとつしかない。

「高紫さま。どうか、人の命を奪うことだけは、おやめください」

高紫の中にある怒りや悲しみは、計り知れないだろう。それは、春璃にも痛いほど伝わってきた。だが、復讐のために自らの手を血に染め、命を奪うことは本当に正しいことなのだろうか。

「なぜだ。大切な人の命を奪った報いを受けるのは当然だろう」

「もちろん、罪は償ってもらわなければなりません。自らの行いを悔い改め、心からの謝罪は必要です。でも、だからといって相手の命を奪い、それによって高紫さまの未来が失われてしまっては、意味がありません」

「俺の未来など、そんなものはない。ずっと隠され、偽りの姿で育ってきた俺のことを、ただ一人愛してくれた母を殺されたあの時から、俺の未来は復讐で染まっているのだ」

「そんな……」

なんて悲しい言葉なのだろう。張り裂けんばかりの痛みを感じ、春璃は己の胸に手を当てた。

「では聞くが、もしも朱夏が何者かの手によって殺されていたとしたら、お前はどうする」

生きていると信じてここまで来たのだから、そんなことは想像もしたくない。でも、もし朱夏が殺されていたとしても……。

「私は、それでも相手の命を奪うことはしたくありません。それは人を殺めることが怖いからではなく、大切な人の命を奪った者と、同じことをしたくないからです。もし高紫さまの言うように姐がすでにこの世にいないとしても、私はそうなってしまった原因をつきとめ、真実を知り、相手には命を奪ったことを悔い、その罪を一生背負いながら生きてほしい」

春璃がそう言うと、高紫はフッと笑みをこぼした。

「本当に殺されたと知った時、同じことが言えるとは思えないな。相手が謝罪しようが、悔いていようが、そんなこと俺にとってはどうでもいい」

高紫の目は冷たいけれど、そこに深い悲しみがあることを春璃は感じ取っていた。

復讐を遂げることが、愛する人を失った悲しみから逃れる唯一の方法だと、高紫は思っているのかもしれない。

「高紫さまのおっしゃる通り、姐にもしものことがあれば、私は相手を殺してやりたいと思うほど憎むでしょう。でも、これだけはハッキリ言えます。もし私が復讐のために誰かの命を奪うようなことをすれば、朱夏小姐は悲しみます。悲しみ、悔やみ、私にそのようなことをさせてしまった自分を許せないと思うでしょう。私の姐は、そういう人です。私は姐に、そんな思いをさせたくない」

春璃の心にあるのは、朱夏の幸せだ。自分のことではなく、両親の代わりに自分を守り、愛し、側にいてくれた朱夏の笑顔を取り戻すためにここにいる。それなのに、誰かを殺めることで朱夏が悲しむのなら意味がない。

「初めて会った日、高紫さまは私にこうおっしゃいました。『春璃の気持ちは、俺にも分かる。つらかっただろう。よく一人で耐えたな』、と。私も今、あの時の高紫さまと同じ気持ちです。おつらかったでしょう。これからは互いの愛する人のために、私も共に真実を突き止めます。高紫さまにだって、明るい未来はあるのですから」

大きく見開いた高紫の目が、春璃を捉える。だが、春璃の真っ直ぐな思いから逃げるように、高紫は視線を地面へと逸らした。

「もっと……早く出会っていたらな……」

幼い頃から抱えてきた憎しみは、そう簡単に変わらないということなのだろうか。

だが、相手の命を奪うことで復讐を遂げようとしている高紫の心が、その瞳のように揺れている気がした。

「……それで、予定が変わって栄青の桃女になったが、これからどうするつもりだ」

無理に気持ちを切り替えるかのように、高紫は感情に蓋をしたような表情を見せた。

春璃もまた、朱夏はすでに死んでいるかもしれないという可能性をかき消し、前を向く。

「私は、この機を逃さないよう、皇太子さまから直接話を聞きます」

つまり、皇太子が紅宝宮にやって来る日が、朱夏の行方を知る運命の日になるだろう。

十五話　最後の涙

「え～！　私が？」

明明（メイメイ）が思わず叫声を上げると、目の前にいる玉瑛（ギョクエイ）が露骨に顔をしかめた。

黒女の執務室にて、机に向かっている玉瑛の正面に明明と春璃（シュンリー）が立ち、玉瑛のうしろには悠月（ユウゲツ）が控えている。

「先ほども申した通り、明明、あなたの青女への昇格が決定しました。今日より春璃さまに仕えていただきます。青女についてはここにいる悠月から指示を受け、励みなさい」

淡々とした口調で玉瑛にそう言われた明明は、戸惑いながらも「承知いたしました」と頭を下げ、三人は黒女の執務室をあとにした。

どこから漏れたのか、桃女になるという話を春璃が明明に直接伝える前に、噂はすでに華園に広がっていた。新人黄女が立て続けに桃女へ昇格するのは異例のことなので、今朝は黄女の間でちょっとした騒ぎになっていた。

そんな中、水場に突然現れた青女、悠月が明明を連れて行ったのだから、黄女たちはさらに大騒ぎだったらしい。

「でも、どうして私が？」

棟を出たところで明明が立ち止まり、春璃に疑問を投げかける。

先ほど玉瑛の前で正式な昇格を告げられた明明だが、終始戸惑っている様子だった。詳しい説明もできないままなので、そう思うのも無理はない。

「どうしてって、明明しかいないと思ったからよ」

明明に視線を向けられた春璃は、優しく微笑みながら迷うことなく答えた。

「華園内で宮女の身分を変更する場合、決めるのは基本的に玉瑛さまなのだけど、今回は春璃さまが陛下へ直接頭を下げて懇願したのよ。自分に付く青女は自分で選ばせてほしいと」

「春璃が？」

悠月が説明すると、明明がまたも大きく目を見開いた。

「私は、一番信頼できる人を自分の青女にしたいって思ったの。だから、明明しかいないって。朱夏小姐（シュカねえさん）のことに明明を巻き込んでしまうかもしれないけど、明明のことは私が守るから、だから」

「何言ってるのよ」

明明が、春璃の手を握る。

「巻き込まれるだなんて思ってないし、春璃が私を信頼してくれて嬉しい。実はさ、春璃が地下牢から出られたって聞いた時は、ホッとするのと同時に、桃女になることを条件に解放されたのかもしれないって不安に思ってたの。でも、違うんだよね？」

「心配しなくても、私自身が桃女になりたいって思っていたのよ。もちろん、華園内での地位がどうとかそういう意味じゃないし、桃女がどういう立場なのかも分かっているわ」

あくまで朱夏の行方を捜すために必要なことで、黄女のままではできないことをするためだ。李雪(リセツ)の件で、より一層その思いが強くなった。

そんな春璃の気持ちを理解したのか、明明は「分かった」と力強く頷いた。

「私も春璃さまの青女は明明がいいと思っていたので、陛下が春璃さまの要求を受け入れてくださって本当によかったと思っています。桃女になればこれまでとは生活も何もかも変わるから、何があっても明明が側で支えるのよ」

「はい」

「青女に一番大切なことは、桃女に寄り添うこと。常に自分が仕える桃女のためを思って行動する。それを忘れないように」

二人を見守っていた悠月が、青女としての心得のようなものを明明に伝えた。

「はい、もちろんです。ここで春璃と出会って、私も少し変わった気がするので」

明明が宮女になると決めたのは親の薦めで、自分の意思ではなかった。宮女に憧れもなく、野望もない。目的もなくただ年季が明けるまで働くだけだと思っていたけれど、その気持ちが春璃に出会って変わったのだと言った。

「これまで家族と共に特に苦労もなくのほほんと生きてきたけど、ここへ来てから大切な人と会えずに苦しんでいる人がいることを知り、自分がどれだけ恵まれていたのかを実感しました。でも、今はもう他人事じゃないんです。友である李雪の命が失われたのですから、知らないふりはもうできません」

　自分にできることなどほとんどないと分かっているけれど、つらい思いを抱えている春璃の力になりたいと明明は言った。

「ありがとう、明明」

　脳裏に李雪の顔が浮かんだ。穏やかで、優しくて、可愛い李雪の顔が。きっと明明も同じことを考えているにちがいない。視線を合わせた二人の瞳が、僅かに潤む。

「では、春璃さまの宮付きの黄女についてですが、のちほど玉瑛さまがお決めになりますので」

「あの、その件なのですが。黄女は必ずいなければならないのでしょうか」

　悠月の言葉に反応した春璃は、すぐさま尋ねた。

　桃女になると、青女の他に専属の黄女を雇うのが通常だ。これまではひとつの宮に最低でも五名、多いと十名以上の黄女がいたらしいが、春璃は必要ないと思っている。

「私一人のために大勢の黄女がつくなんておかしいですし、それに、側にいてもらうのは信用できる人だけにしたいんです」

　話をしたこともないような黄女が大勢いるとなると、監視されているようで居心地が悪い。その上、玉瑛が選ぶとなると、玉瑛の息がかかった黄女が紛れている可能性もある。

　正直、命の危険さえある。

　華園に入ったばかりの時はそんなことを考えてもいなかったけれど、李雪のことや高紫(コウシ)

の母親の話を聞いた今、起こりうることなのだと理解している。

「分かりました。黄女に関しては、私がなんとかいたします」

「負担ばかりかけてしまい、申し訳ございません」

「いえ、宮女の気持ちを考えるのが私の仕事だと思っておりますので、お気になさらないでください。では明明、そろそろ準備をしましょう。明明も黄女の棟ではなく桃女の宮で生活してもらいますので、まずは荷物をまとめて」

悠月に言われ、明明は背筋を伸ばした。青女の仕事は仕える桃女の身の回りの世話だけではなく、食事や衣装の管理、黄女への指示など色々とある。

「同じ青女として、共に頑張りましょう」

「はい。精一杯務めます」

青色の裙を悠月から受け取った明明は、少し緊張した面持ちで春璃にそれを見せてきた。

悠月が自分の仕事に戻ると、春璃は明明と共に早速荷物をまとめた。

荷物といっても私物はほとんどなく、布兜（ブードウー）ひとつで足りる程度の量だったのですぐに終わり、二人はそれを持って桃女の宮へと向かう。

本来なら荷物を運ぶのは黄女の仕事だが、わざわざ運んでもらうほどの量ではない。それに華園での雑用は通常、なんでもかんでも黄女がやらされるけれど、黄女の忙しさを分かっている二人だからこそ、このくらいのことは自分でやるべきだと思った。

本当は鈴花（リンファ）や共に働いた黄女たちに挨拶をしたかったけれど、春璃が桃女になるからといって、黄女は手を休められるわけではない。今日も鈴花は周囲の宮女たちに元気を与えながら懸命に働いているのだろう。そんな想像をしながら、ふた月住んだ黄女の棟をあとにする。

広大な敷地の中で小さな建物を探すのは大変だけれど、桃女の宮は皇太子の住む宮殿のすぐ目の前にある。そのため、ひと際目立つ高い塔を目指して進めば迷うことはない。

「ここが紅宝宮で、隣が翠宝宮（スイホウ）か。近くで見ると本当に華やかね」

明明が左右の宮を交互に見ながら呟いた。

翠蘭（スイラン）は、もう隣の宮に入っているのだろうか。翠蘭とはまだゆっくり話ができていないから、明日にでも会いに行こう。

そう思いながら、春璃は翠宝宮から紅宝宮へ視線を移した。

まさか、自分が紅宝宮に入ることになるとは思っていなかった。ここは李雪がいた宮で、悠月のおかげで李雪と話ができた場所だ。中の造りは当然ながらその時と同じで、壁画や柱の彫刻は美しいけれど、ここに李雪はもういない。話をしたのはつい二日前なのに、遠い昔のことのようだ。

階段を上って李雪がいた寝台を見つめると、どうしようもない悲しみがこみ上げてくる。朱夏が死んだとの知らせを受けた時と同じ、心に空いた穴に冷たい風が吹き抜けていく感覚だ。

「春璃、泣きたい時は泣いていいんだよ。私が側にいるから」

そっと春璃の手を握った明明が、そう言ってキュッと唇を結んだ。明明も同じようにつらいのに、春璃を励まそうと、今にも溢れ出しそうな涙を必死に堪えている。

「ありがとう。でも大丈夫。私ね、もう何があっても泣かないって決めたの。朱夏小姐に会うまでは、絶対に」

次に泣く時は、朱夏に会えた時。改めてそう心に誓い、春璃は大きく息を吸った。

「私も、春璃が心から笑えるように、青女として支えるから。悠月さまみたいな青女になれるように、頑張らなきゃ。今お茶淹れるから、春璃は座っていて」

階段を下りていく明明を見つめながら、「ありがとう」と呟く。

思えば最初から、春璃が不安に押し潰されずにいられるのは、明明が側にいるからだ。明明がいるから、この悲しみや不安に耐えることができている。

「この前、鈴花小姐からいただいたの。なんのお茶か分からないんだけど、すごくいい香りよ」

長椅子に座った春璃の前に、明明が茶杯を置く。春璃が茶杯を持って口に近づけると、ふわりといい香りが広がった。

「これは、茉莉花茶(ジャスミン)ね」

ひと口飲んで気がついた。なんだか懐かしい気持ちになるのは、高紫と初めて会った時に飲んだ茶と同じ味だからだ。

「味は独特だけど、なんかこうくせになるっていうか、上品な味だね」

茉莉花茶は初めてのようで、茶杯の中をまじまじと見つめながら明明が言った。その様子に、春璃はくすりと微笑む。

「黄女を付けないことで明明には大変な思いをさせてしまうかもしれないけど、ごめんなさい。もちろん私も自分のことは自分でやるから」

「何言ってんの、私も春璃と二人のほうが気楽だし。春璃は余計なことを考えないで、朱夏の行方を捜すことだけ考えて」

「ありがとう、明明」

しばらく花茶の味を堪能しながらゆっくりとした時間を過ごした二人。

日が落ちると、宮の中にいても徐々に静寂に包まれていくのが分かる。

「それで、朱夏について何か分かったことはあるの？」

地下牢に入れられたり帝に呼ばれたりと色々なことがあったため、明明にはまだ話していなかった。

「うん。絶対とは言い切れないけれど、栄青（エイセイ）さまは姐とかかわりがあると思う。あと、私が桃女になったのは栄青さまを表に出させるための餌だって、高紫さまが」

そこまで言うと、紅宝宮に客人がやって来た。心当たりのない二人の間に、緊張が走る。

対応するため扉に向かった明明だが、次の瞬間、「えっ？」と頓狂な声を上げた。その声に驚いた春璃は、何事かと扉のほうを向く。

すると、目に映ったのは、神妙な顔つきをしている栄青だった。

「突然すまない」

「こ、こ、皇太子殿下！」

明明は、何がなんだか分からない様子で酷く狼狽えているが、皇太子を見るのは初めてで、しかも目の前に現れたのだから当然だ。

「構いません、どうぞこちらへ」

だが明明とは対照的に、春璃は落ち着いていた。

まさかこんなにも早く訪れがあるとは思わなかったので、その点では驚いたが、夜伽のためにやって来たわけではないだろう。

数人の側近を連れているが、中に入ったのは栄青一人。茶を出した明明は、春璃が何も言わずとも空気を察し、そっと部屋を出た。

向かい合う二人。春璃は栄青を凝視しているが、栄青はこちらを見ようとしない。膝の上で手を組み、床に視線を落としている。

何を言うべきか迷っているような表情が、春璃の不安を煽る。言いたいことがあるなら言えばいい。何をそんなに躊躇っているのか。

「栄青さま」

痺れを切らした春璃が口を開くと、栄青はようやく顔を上げた。だが、その青い瞳は一瞬だけ春璃を見て、またすぐに逸らされる。

「私は三年待ちました。これ以上遠回りはできないので率直に申し上げます。栄青さまは朱夏を、私の姐をご存じなのですね」

唇を結んだまま小さく頷く栄青を見て、春璃は気持ちを鎮めるように息を吸う。

「では、姐は今どこにいるのですか」

息を呑み、祈るような思いで栄青から発せられる言葉を待った。

「朱夏は、私の……大切な人だ。だが……」

消え入りそうな声と、とても寂しそうな瞳。

栄青の目の縁に光が薄く宿っていることに気づいた春璃は、途端にその言葉の続きを聞くのが怖くなった。

「すまない……」

なぜそんなにも悲痛な面持ちで、世界から取り残されたような寂しい目をしているのか。なぜ、謝るのか。春璃の中で、言いようのない感情が沸き上がってくる。

「姐は、とても優しい人です。両親が亡くなった時も泣いている私を励まし続けて、姐は一度も涙を見せなかった。姐はどんな時も私のために……」

声を震わせながら、なぜ自分がこんなことを栄青に伝えているのか、春璃は分からなかった。

「だから、あんな紙切れ一枚で信じられるはずがないんです。栄青さま、朱夏小姐は生きているんですよね？　会わせてください、お願いします」

きっと、願っているのだと思う。『朱夏は生きている』と、栄青の口から語られることを。望みのある言葉が聞けることを。

でも……。

「春璃、君の大切な人を、朱夏を守ってやれず、すまなかった……」

潤んだ瞳に映ったのは、深く頭を下げている皇太子の姿だった。

「そんな……」

一瞬目の前が真っ暗になり、絶望という名の暗闇に呑み込まれそうになった。だが春璃は、それに抗うよう痛みを感じるほど強く拳を握りしめた。必死に感情を押し殺し、こみ上げてきた涙を堪え、顔を上げる。

「私は、信じません。この目で姐の亡骸を見るまでは、誰に何を言われようと絶対に信じない」

揺るぎない決意に満ちた眼差しで、栄青を直視した。

「しかし、朱夏は……」

「やめて！」

両手で耳を塞いだ春璃は、続けようとした栄青の言葉を大声で遮った。

「どうかしましたか」

声が聞こえたのだろう。中に入ってきた明明が、慌てて春璃の側へ駆け寄ってきた。

「大丈夫だから、落ち着いて」

何も聞きたくないと小さくなった春璃の背中を、明明が優しく擦りながら声をかける。

「栄青さま、申し訳ございません。今日はもう」

「ああ、すまなかった。また日を改めて話をさせてくれ」

うずくまっている春璃の耳に、明明と栄青の声が響く。

朱夏が生きているという言葉を聞けないのなら、これ以上話すことなどない。

栄青が去っていく足音が消えるまで、春璃は顔を上げることができなかった。栄青のあの悲しい表情を見てしまったら、すべてを認めてしまいそうで、怖かったから。


栄青がいなくなってどれくらい経ったか分からないけれど、眠っていた春璃は瞼を開き、体を起こした。

寝台から立ち上がると、そっと部屋を出た。隣の部屋では明明が眠っている。音を立てないよう階段を下り、外へ出た。

凍てつくような静けさの中、灯籠の灯りを頼りに足を進める。昼間の晴光により薄雪となった石畳は、昨日よりもだいぶ歩きやすくなっている。

自分がどこへ向かっているのか分からないけれど、外の空気を吸って頭を切り替えたかった。そうしないと、心が折れてしまいそうだから。

夜陰に乗じて、紅宝宮から北へ向かって歩き続けた。どこへ行こうと華園であることは変わらず、長い塀や同じような建物が並んでいるだけだ。

ここは、まるで檻のようだ。

ふらふらと歩き続け、気づけば紅宝宮からずいぶんと離れた場所まで来ていた。春璃は人に踏みならされていない地面の上を歩き、ひっそりと佇んでいる小屋の前で立ち止まる。昼間でも人がいないような場所なのに、この時間なら尚更誰も近づかないだろう。戸を開けて中に入った春璃は、小屋の隅に腰を下ろした。

真夜中だというのに薄く灯りが灯っているように見えるのは、白月が冴え渡っているおかげだ。小屋の小さな天窓からちょうど月が見える。

何も考えず、自分の中の弱さが消えるまで、ただひたすら月を眺めていようと思った矢先、小屋の外から微かな物音が聞こえた。

体を強張らせながらじっと黙っていると、

「誰かいるのか」

低い声が聞こえるのと同時に、静かに戸が開いた。

聞き覚えのある声に、春璃の体から一瞬にして力が抜ける。

「春璃か？」

月明かりに照らされた春璃の姿を見て、高紫は目を見開いた。紅宝宮にいるはずの桃女が、華園の隅にひっそりと建っている小屋の中にいるのだから、驚くのも当然だろう。

「こんなところで何をしている」

「いえ、何も。ただ少し散歩をしていて、気がついたらここまで来ていたんです。月が綺麗だから、少し眺めてから帰ろうかと」

近づいてきた高紫から目を逸らして答えた。気遣うような目で見られたら、弱音を吐いてしまいそうになる。

「何か、あったのか」

なぜ、そんなにも優しい声で聞くのだろう。

高紫のことを感情表現が下手なのだと龍威（リュウイ）は言っていたけれど、春璃にはそうは思えなかった。怒りも悲しみも、そして相手を気遣う感情も、高紫の眼差しや声色にはハッキリと表れているから。

今もそうだ。自分自身がつらい過去を抱えているというのに、心配するその目からは温かさが感じられる。復讐のために誰かを傷つけようとしている人にはとても見えない。

何か言葉を発した途端に、きっと朱夏への想いが溢れてしまうから、春璃は黙って首を横に振った。

そんな春璃の肩に、高紫がそっと手を置く。

「無理をするな」

ハッと顔を上げると、包み込むような眼差しを向けられ、自ずと涙がこみ上げてくる。

「我慢などしなくていい。お前は、俺のようにはなるな」

高紫の声と共に抱き寄せられると、我慢していた感情が、涙となって溢れ出す。

朱夏を見つけるまで決して泣かないと決めたばかりなのに、栄青の言葉が頭の中を支配して、かき消そうとしても消えない。

――朱夏を守ってやれず、すまなかった……。

なぜもう終わったかのような言い方をするのか、どうして謝るのか。朱夏が生きているのなら、そんなことは言わないはずだ。

生きていると信じたい気持ちと、もう二度と会えないのかもしれないという恐怖に、胸が千切れそうになる。息苦しくて、泣きたくないのに涙が止まらない。

ただただ落涙する春璃を、高紫の腕が静かに包み込む。

高紫の心臓の鼓動が少しずつ春璃の耳に伝わり、それに合わせるかのように、乱れた呼吸が不思議と落ち着いていく。

「申し訳……ございません……」

子供のように泣きじゃくった春璃は、高紫の胸の中から頭を起こし、そう呟いた。

「姐が見つかるまで涙は流さないと決めたのに、みっともない姿をお見せしてしまいました」

「我慢する必要などない。何があったか知らないが、泣くことで少しでも気が晴れるのなら、いつでもつき合う。俺はもう、涙などとうに涸れてしまったからな」

悲しげに微笑む高紫を見つめていると、胸が締めつけられる。高紫の大切な人はもうこの世にはおらず、憎しみを抱きながらずっと孤独に耐えてきたのだ。だからこそ、同じように苦しんでいる春璃を、ただ黙って受け止めてくれたのだろう。

「高紫さま、ありがとうございます。実は今日、栄青さまが紅宝宮へ足を運んで下さったのですが」

「何？」

　僅かな焦りを見せた高紫だが、少し話しただけだと付け加えた春璃の言葉に、なぜか安心したように息を漏らして眉間の皺を緩めた。

「その時に、朱夏小姐のことを聞きました。栄青さまにとって、やはり姐は大切な人だったようですが、謝られてしまって……」

　朱夏を捜して華園の宮女にまでなった春璃に謝罪する理由など、ひとつしか考えられない。

　春璃は、涙を堪えるように下唇を噛んだ。

「私は……認めたく、ないんだと思います」

「認める必要などないだろ」

「えっ？」

「まだ真実は分かっていない。違うか？　栄青が謝ったからなんだというのだ、もしかすると、あいつでさえ真実は知らないのかもしれないだろ」

　春璃は、ハッと息を呑む。目の前が真っ暗な闇に覆われる寸前で、それがすうっと晴れていくような感覚だった。

「自分の目で見ていないものに嘆き、苦しむ必要などない。調べるのだろ、自分の目で。そのために、あの時覚悟を決めて俺に桃女にしてくれと頼んだんじゃないのか」

春璃は涙に濡れた目を高紫に向け、大きく頷いた。バラバラに砕けてしまいそうだった心が、再び繋がっていく。

「俺は、これまで母や華園について調べてきたが、ここに戻ってきたのは、最後に自分の手ですべてを明らかにするためだ。自分が納得しないまま母の死を受け入れるくらいなら、はなから復讐など考えない」

「高紫さま……」

一度止まった涙がまたじわりと浮かぶが、春璃はそれを拭い、高紫を見上げた。

「ありがとうございます。高紫さまのおかげで、自分がどうするべきか改めて分かりました」

——私はまだ、何も見ていない。

母を亡くした高紫がずっとそうしてきたように、自分の目で見て耳で聞いて、調べ上げる。泣くのは、納得できる答えにたどり着いてからだ。

こうしている間にも、朱夏はどこかで一人、助けを待っているかもしれないのだから。

下巻に続く

■参考文献

『図解　中国の伝統建築』著：李乾朗／翻訳：恩田重直、田村広子／マール社

『建築知識　2024年7月号　新石器・古代王朝から清朝まで　中国の建物と町並み詳説絵巻』エクスナレッジ

本書はフィクションであり、実在の人物および団体とは関係がありません。

深愛(しんあい) 煌華宮(こうかきゅう)の檻(おり)　上(じょう)

菊川(きくかわ)あすか

2024年11月5日初版発行

発行者……………加藤裕樹
発行所……………株式会社ポプラ社
〒141-8210 東京都品川区西五反田3-5-8
JR目黒MARCビル12階

フォーマットデザイン　荻窪裕司(design clopper)
組版・校閲　株式会社鷗来堂
印刷・製本　中央精版印刷株式会社

落丁・乱丁本はお取り替えいたします。
ホームページ(www.poplar.co.jp)のお問い合わせ一覧よりご連絡ください。
本書のコピー、スキャン、デジタル化等の無断複製は著作権法上での例外を除き禁じられています。本書を代行業者等の第三者に依頼してスキャンやデジタル化することはたとえ個人や家庭内での利用であっても著作権法上認められておりません。

ポプラ文庫ピュアフル

みなさまからの感想をお待ちしております

本の感想やご意見をぜひお寄せください。いただいた感想は著者にお伝えいたします。

ご協力いただいた方には、ポプラ社からの新刊やイベント情報など、最新情報のご案内をお送りします。

ホームページ　www.poplar.co.jp
©Asuka Kikukawa 2024　Printed in Japan
N.D.C.913/284p/15cm
ISBN978-4-591-18384-7
P8111389

呪いを解くために、偽りの妃として後宮へ——。

顎木あくみ
『宮廷のまじない師 白妃、後宮の闇夜に舞う』

装画：白谷ゆう

白髪に赤い瞳の容姿から鬼子と呼ばれ親に捨てられた過去を持つ李珠華は、街でまじない師見習いとして働いている。ある日、今をときめく皇帝・劉白焔が店にやってきた。珠華の腕を見込んだ白焔は、後宮で起こっている怪異事件の解決と自身にかけられた呪いを解くこと、そのために後宮に入ってほしいと彼女に依頼する。珠華は偽の妃として後宮入りを果たすが、他の妃たちの嫉妬と嫌悪の視線が珠華に突き刺さり……。『わたしの幸せな結婚』著者がおくる、切なくも愛おしい宮廷ロマン譚。

岑国の後宮〝煌華宮〟で春璃は
やがてある秘密に辿り着く……

菊川あすか
『深愛 煌華宮の檻 下』

装画：syo5

行方知らずになっている姐・朱夏の生存を信じ、岑国の後宮――通称〝華園〟こと煌華宮で宮女として暮らす春璃は、朱夏と同時期に姐・麗沙を亡くしている宮女・翠蘭や、ある理由から華園に戻ってきた皇子・高紫と共に、朱夏の情報を探っていた。が、女たちの嫉妬や華園の女帝・玉瑛の策略、そして起きる殺人や事件に巻き込まれ……？　全ての謎が明らかになる時、深い愛に涙する――。

ポプラ社小説新人賞

作品募集中！

ポプラ社編集部がぜひ世に出したい、
ともに歩みたいと考える作品、書き手を選びます。

※応募に関する詳しい要項は、
ポプラ社小説新人賞公式ホームページをご覧ください。

www.poplar.co.jp/award/award1/index.html